轻阅读 书系

旷野的呼喊·小城三月

萧红 著

北方联合出版传媒(集团)股份有限公司

万卷出版公司

图书在版编目（ＣＩＰ）数据

旷野的呼喊·小城三月 / 萧红著 . –– 沈阳：万卷
出版公司，2015.6（2023.5 重印）
　　（轻阅读）
　　ISBN 978–7–5470–3595–5

　　Ⅰ．①旷… Ⅱ．①萧… Ⅲ．①中篇小说 – 小说集 – 中
国 – 现代 Ⅳ．① I246.5

　　中国版本图书馆 CIP 数据核字 (2015) 第 068726 号

出 品 人：王维良
出版发行：北方联合出版传媒（集团）股份有限公司
　　　　　万卷出版公司
　　　　　（地址：沈阳市和平区十一纬路 29 号　邮编：110003）
印 刷 者：三河市双升印务有限公司
经 销 者：全国新华书店
幅面尺寸：150mm×215mm
字　　数：110 千字
印　　张：10.5
出版时间：2015 年 6 月第 1 版
印刷时间：2023 年 5 月第 2 次印刷
责任编辑：胡　利
责任校对：张　莹
封面设计：王晓芳
内文制作：王晓芳
ISBN 978–7–5470–3595–5
定　　价：49.00 元
联系电话：024–23284090
传　　真：024–23284448

序 言

年少读书，老师总以"生而有涯，学而无涯"相勉励，意思是知识无限而人生有限，我们少年郎更得珍惜时光好好学习。后来读书多了，才知庄子的箴言还有后半句："以有涯随无涯，殆已！"顿感一代宗师的见识毕竟非一般学究夫子可比。

一代美学家、教育家朱光潜老先生也曾说："书是读不尽的，就读尽也是无用。"理由是"多读一本没有价值的书，便丧失可读一本有价值的书的时间和精力"，可见"英雄所见略同"。

当代人的生活节奏越来越快，很多人感慨抽出时间来读书俨然成为一种奢侈。既然我们能够用来读书的时间越来越宝贵，而且实际上也并非每本书都值得一读，那么如何从浩瀚的书海中挑出真正适合自己的好书，就成为一项重要且必不可少的工作。于是，我们编纂了这套"轻阅读"书系，希望以一愚之得为广大书友们做一些粗浅的筛选工作。

本辑"轻阅读"主要甄选的是民国诸位大师、文豪的著作，兼选了部分同一时期"西学东渐"引入国内的外国名著。我们之所以选择这个时期的作品作为我们这套书系的第一辑，原因几乎是不言而喻的——这个时期是中国学术史上一个大时代，只有春秋战国等少数几个时代可以与之媲美，而且这个时代创造或引进的思想、文化、学术、文学至今对当代人还有着深远的影响。

当然，己所欲者，强施于人也是不好的，我们无意去做一个惹人生厌的、给人"填鸭"的酸腐夫子。虽然我们相信，这里面的每一本书都能撼动您的心灵，启发您的思想，但我们更信任读者您的自主判断，这么一大套书系大可不必读尽。若是功力不够，勉强读尽只怕也难以调和、消化。崇敬慷慨激昂的闻一多的读者未必也欣赏郁达夫的颓废浪漫；听完《猛回头》《警世钟》等铿锵澎湃的革命号角，再来朗读《翡冷翠的一夜》等"吴侬软语"也不是一个味儿。

读书是一件惬意的事，强制约束大不如随心所欲。偷得浮生半日闲，泡一杯清茶，拉一把藤椅，在家中阳光最充足的所在静静地读一本好书，聆听过往大师们穿越时空的凌云舒语，岂不快哉？

周志云

目 录

旷野的呼喊

小城三月

旷野的呼喊

黄河

　　悲壮的黄土层茫茫地顺着黄河的北岸延展下去，河水在辽远的转弯的地方完全是银白色，而在近处，它们则扭绞着旋卷着和鱼鳞一样。帆船，那么奇怪的帆船！简直和蝴蝶的翅子一样；在边沿上，一条白的，一条蓝的，再一条灰色的，而后也许全帆是白的，也许全帆是灰色的或蓝色的，这些帆船一只排着一只，它们的行走特别迟缓，看去就像停止了一样。除非天空的太阳，就再没有比这些镶着花边的帆更明朗的了，更能够炫惑人的感官的了。

　　载客的船也从这边继续的出发，大的，小的；还有载着货物的，载着马匹的；还有些响着铃子的，呼叫着的，乱翻着绳索的。等两只船在河心相遇的时候，水手们用着过高的喉咙，他们说些个普通话：太阳大不大，风紧不紧，或者说水流急不急，但也有时用过高的声音彼此约定下谁先行，谁后行。总之，他们都是用着最响亮的声音，这不是为了必要，是对于黄河他们在实行着一种约束。或者对于河水起着不能

控制的心情，而过高的提拔着自己。

在潼关下边，在黄土层上垒荡着的城围下边，孩子们和妇人用着和狗尾巴差不多的小得可怜的笤帚，在扫着军队的运输队撒留下来稀零的、被人纷争着的、滚在平平的河滩上的几粒豆粒或麦稞。河的对面，就像孩子们的玩具似的，在层层叠叠生着绒毛似的黄土层上爬着一串微黑色的小火车。小火车，平和地，又急喘地吐着白汽，仿佛一队受了伤的小母猪在摇摇摆摆地走着。车上同猪印子一样打上两个淡褐色的字印："同蒲。"

黄河的惟一的特征，就是它是黄土的流，而不是水的流。照在河面上的阳光，反射的也不强烈。船是四方形的，如同在泥土上滑行，所以运行的迟滞是有理由的。

早晨，太阳也许带着风沙，也许带着晴朗来到潼关的上空，它抚摸遍了那广大的土层，它在那终年昏迷着的静止在风沙里边的土层上，用晴朗给摊上一种透明和纱一样的光彩，又好像月光在八月里照在森林上一样，起着远古的、悠久的、水不能够磨灭的悲哀的雾障。在夹对的黄土床中流走的河水相同，它是偷渡着敌军的关口，所以昼夜地匆忙，不停地和泥沙争斗着。年年月月，日日夜夜，时时刻刻，到后来它自己本身就绞进泥沙去了。河里只见了泥沙，所以常常被诅咒成泥河呀！野蛮的河，可怕的河，簇卷着而来的河，它会卷走一切生命的河，这河本身就是一个不幸。

现在是上午，太阳还与人的视线取着平视的角度，河面上是没有雾的，只有劳动和争渡。

正月完了，发酥的冰排流下来，互相击撞着，也像船似的，一片一片的。可是船上又像堆着雪，是堆起来的面袋子，白色的洋面。从这边河岸运转到那边河岸上去。

阎胡子的船，正上满了肥硕的袋子，预备开船了。

可是他又犯了他的老毛病，提着砂作的酒壶去打酒去了。他不放心别的撑篙的给他打酒，因为他们常常在半路矜持不住，空嘴白舌，就仰起脖儿呷了一口，或者把钱吞下一点儿去喝碗羊汤，不足的分量，用水来补足。阎胡子只消用舌头板一压，就会发现这些年轻人们的花头来的，所以回回是他自己去打酒。

水手们备好了纤绳，备好了篙子，便盘起膝盖坐下来等。

凡是水手，没有不愿意靠岸的，不管是海航或是河航。但是，凡是水手，也就没有一个愿意等人的。

因为是阎胡子的船，非等不可。

"尿骚桶，喝尿骚，一等等到罗锅腰！"一个小伙子直挺挺地靠在桅杆上立着，说完了话，便光着脊背向下溜，直到坐在船板上，咧开大嘴在笑着。

忽然，一个人，满头大汗的，背着个小包，也没打招呼，踏上了五寸宽那条小踏板，跳上船来了。

"下去，下去！上水船，不让客！"

"老乡……"

"下去，下去。上水船，不让客！"

"让一让吧，我帮着你们打船。"

"这可不是打野鸭子呀，下去！"水手看看上来的是一个灰色的兵。

"老乡……"

旷野的呼喊·小城三月

"是，老乡，上水船，吃力气，这黄河又不同别的河……撑篙一下去就是一身汗。"

"老乡们！我不是白坐船，当兵的还怕出力气吗！我是过河去赶队伍的。天太早，摆渡的船哪里有呢！老乡，我早早过河赶路的……"他说着，就在洋面袋子上靠着身子，那近乎圆形的脸还有一点发光，那过于长的头发，在帽子下面像是帽子被镶了一道黑边。

"八路军怎么单人出发的呢？"

"我是因为老婆死啦，误了几天……所以着急要快赶的。"

"哈哈！老婆死啦还上前线。"于是许多笑声跳跃在绳索和撑篙之间。

水手们因为趣味的关系，互相的高声地骂着。同时准备着张帆，准备着脱离开河岸，把这兵士似乎是忘记了，也似乎允许了他的过渡。

"这老头子打酒在酒店里睡了一觉啦……你看他那个才睡醒的样子……腿好像是经石头绊住啦……"

"不对。你说的不对，石头就挂在他的脚跟上。"

那老头子的小酒壶像一块镜子，或是一片蛤蜊壳，闪烁在他的胸前。微微有点温暖的阳光，和黄河上常有缭乱而没有方向的风丝，在他的周围裹荡。于是他混着沙土的头发，跳荡得和干草似的失去了光彩。

"往上放罢！"

这是黄河上专有的名词，若想横渡，必得先上行，而后下行。因为河水没有正路的缘故。

阎胡子的脚板一踏上船身，那种安适、把握，丝毫其他的欲望可使他不宁静的，可能都不能够捉住他的。他只发了和号令似的这么一句话，而后笑纹就自由地在他皱纹不太多的眼角边流展开来，而后他走下舵室去。那是一个黑黑的小屋，在船尾的舱里，里面像供着什么神位，一个小龛子前有两条红色的小对联。

"往上放罢！"

这声音，因为河上的冰排格凌凌地作响的反应，显得特别粗壮和苍老。

"这船上有坐闲船的，老阎，你没看见？"

"那得让他下去，多出一分力量可不是闹着玩的……在哪地方？他在哪地方？"

那灰色的兵士，他向着阳光微笑：

"在这里，在这里……"他手中拿着撑船的长篙站在船头上。

"去，去去……"阎胡子从舱里伸出一只手来，"去去去……快下去……快下去……你是官兵，是保卫国家的，可是这河上也不是没有兵船。"

阎胡子是山东人，十多年以前，因为黄河涨大水逃到关东，又逃到山西的。所以山东人的火性和粗鲁，还在他身上常常出现。

"你是哪个军队上的？"

"我是八路的。"

"八路的兵，是单个出发的吗？"

"我的老婆生病，她死啦……我是过河去赶队伍的。"

"唔！"阎胡子的小酒壶还捏在左手上。

旷野的呼喊·小城三月

"那么你是山西的游击队啦……是不是？"阎胡子把酒放下了。

在那士兵安然的回答着的时候，那船板上完全流动着笑声，并且分不清楚那笑声是恶意的还是善意的。

"老婆死啦还打仗！这年头……"

阎胡子走上船板来：

"你们，你们这些东西！七嘴八舌头，赶快开船吧！"他亲手把一只面粉口袋抬起来，他说那放的不是地方，"你们可不知道，这面粉本来三十斤，因为放的不是地方，它会让你费上六十斤的力量。"他把手遮在额前，向着东方照了一下：

"天不早啦，该开船啦。"

于是撑起花色的帆来。那帆像翡翠鸟的翅子，像蓝蝴蝶的翅子。

水流和绳子似的在撑篙之间扭绞着。在船板上来回跑着的水手们，把汗珠被风扫成碎末而掠着河面。

阎胡子的船和别的运着军粮的船遥远的相距着，尾巴似的这只孤船，系在那排成队的十几只船的最后。

黄河的土层是那么原始的，单纯的，干枯的，完全缺乏光彩站在两岸。正和阎胡子那没有光彩的胡子一样，土层是被河水，风沙和年代所造成，而阎胡子那没有光彩的胡子，则是受这风沙的迷漫的缘故。

"你是八路的……可是你的部队在山西的哪一方面？俺家就在山西。"

"老乡，听你说话是山东口音。过来多年啦？"

"没多少年，十几年……俺家那边就是游击队保卫着……

都是八路的，都是八路的……"阎胡子把棕色的酒杯在嘴唇上湿润了一下，嘴唇不断地发着光。他的喝酒，像是并没有走进喉咙去，完全和一种形式一样。但是他不断地浸染着他的嘴唇。那嘴唇在说话的时候，好像两块小锡片在跳动着：

"都是八路的……俺家那方面都是八路的……"

他的胡子和春天快要脱落的牛毛似的疏散和松放。他的红的近乎赭色的脸像是用泥土塑成的，又像是在窑里边被烧炼过，显着结实，坚硬。阎胡子像是已经变成了陶器。

"八路上的……"他招呼着那兵士，"你放下那撑篙吧，我看你不会撑，白费力气……这边来坐坐，喝一碗茶……"方才他说过的那些去去去……现在变成来来来了："你来吧，这河的水性特别，与众不同……你是白费气力，多你一个人坐船不算么！"

船行到了河心，冰排从上边流下来的声音好像古琴在骚闹着似的。阎胡子坐在舱里佛龛旁边，舵柄虽然拿在他的手中，而他留意的并不是这河上的买卖，而是"家"的回念。直到水手们提醒他船已走上了急流，他才把他关于家的谈话放下。但是没多久，又零零乱乱地继续下去……

"赵城，赵城俺住了八年啦！你说那地方要紧不要紧？去年冬天太原下来之后，说是临汾也不行了……赵城也更不行啦……说是非到风陵渡不可……这时候……就有赵城的老乡去当兵的……还有一个邻居姓王的。那小伙子跟着八路军游击队去当伙夫去啦……八路军不就是你们这一路的吗？……那小伙子我还见着他来的呢！胳臂上挂着'八路'两个字。后来又听说他也跟着出发到别的地方去了呢！……可是你

说……赵城要紧不要紧？俺倒没有别的牵挂，就是俺那孩子太小，带他到河上来吧，他又太小，不能做什么……跟他娘在家吧……又怕日本兵来到杀了他。这过河逃难的整天有，俺这船就是载面粉过来，再载着难民回去……看看那哭哭啼啼的老的、小的……真是除了去当兵，干什么都没有心思！"

"老乡！在赵城你算是安家立业的人啦，那么也一定有二亩地啦？"兵士面前的茶杯在冒着气。

"哪能够说到房子和地，跑了这些年还是穷跑腿……所好的就是没把老婆孩子跑去。"

"那么山东家还有双亲吗？"

"哪里有啦？都给黄河水卷去啦！"阎胡子擦了一下自己的胡子，把他旁边的酒杯放在酒壶口上，他对着舱口说：

"你见过黄河的大水吗？那是民国几年……那就铺天盖地的来了！白亮亮的，哗哗地……和野牛那么叫着……山东那黄河可不比这潼关……几百里，几十里一漫平。黄河一至潼关就没有气力啦……看这山……这大土崖子……就是妄想要铺天盖地又怎能……可是山东就不行啦！……你家是哪里？你到过山东？"

"我没到过，我家就是山西……洪洞……"

"家里还有什么人？咱两家是不远的……喝茶，喝茶……呵……呵……"老头子为着高兴，大声地向着河水吐了一口痰。

"我这回要赶的部队就是在赵城……洪洞的家也都搬过河来了……"

"你去的就是赵城，好！那么……"他从舵柄探出船外的那个孔道口出去……河简直就是黄色的泥浆，滚着，翻着……绞绕着……舵就在这浊流上打击着。

"好！那么……"他站起来摇着舵柄，船就快靠岸了。

这一次渡河，阎胡子觉得渡得太快。他擦一擦眼睛，看一看对面的土层，是否来到了河岸？

"好，那么。"他想让那兵士给他的家带一个信回去，但又觉得没有什么可说的。

他们走下船来，沿着河身旁的沙地向着太阳的方向进发。无数条的光的反刺，击撞着阎胡子古铜色的脸面。他的宽大的近乎方形的脚掌，把沙滩印着一些圆圆洼陷。

"你说赵城可不要紧？我本想让你带一个回信去……等到饭馆喝两盅，咱二人谈谈谈说……"

风陵渡车站附近，层层转转的是一些板棚或席棚，里边冒着气，响着勺子，还有一种油香夹杂着一种咸味在那地方缭绕着。

一盘炒豆腐，一壶四两酒，蹲在阎胡子的桌面上。

"你要吃什么，你只管吃……俺在这河上多少总比你们当兵的多赚两个……你只管吃……来一碗片汤，再加半斤锅饼……先吃着，不够再来。……"

风沙的卷荡在太阳高了起来的时候，是要加甚的。席棚子像有笤帚在扫着似的：嚓嚓地在凸出凹进地响着。

阎胡子的话，和一串珠子似的咯啦咯啦地被玩弄着，大风只在席棚子间旋转，并没有把阎胡子的故事给穿着。

"……黄河的大水一来到俺山东那地方，就像几十万大军已经到了……连小孩子夜晚吵着不睡的时候，你若说'来大

水啦！'他就安静一刻。用大水吓唬孩子，就像用老虎一样使他们害怕。在一黑沉沉的夜里，大水可真的来啦；爷和娘站在房顶上，爷说'……怕不要紧，我活四十多岁，大水也来过几次，并没有卷去什么'，我和姐姐拉着娘的手……第一声我听着叫的是猪，许是那猪快到要命的时候啦，哽哽的……以后就是狗，狗跳到柴堆上……在那上头叫着……再以后就是鸡……它们那些东西乱飞着……柴堆上，墙头上，狗栏子上……反正看不见，都听得见的……别人家的也是一样，还有孩子哭，大人骂。只有鸭子，那一夜到天明也没有休息一会，比平常不涨大水的时候还高兴……鸭子不怕大水，狗也不怕，可是狗到第二天就瘦啦……也不愿睁眼睛啦……鸭子正不一样，胖啦！新鲜啦！……呱呱的叫声更大了！可是爹爹那天晚上就死啦，娘也许是第二天死的……"

阎胡子从席棚通过了那在锅底上乱响着的炒菜的勺子而看到黄河上去。

"这边，这河并不凶。"他喝了一盅酒，筷子在辣椒酱的小碟里点了一下。他脸上的筋肉好像棕色的浮雕，经过了陶器的制作那么坚硬，那么没有变动。

"小孩子的时候，就听人家说，离开这河远一点吧！去跑关东吧（即东三省）！一直到第二次的大水……那时候，我已经二十六岁……也成了家……听人说，关东是块福地，俺山东人跑关东的年年有，俺就带着老婆跑到关东去……关东俺有三间房，两三亩地……关东又变成了'满洲国'。赵城俺本有一个叔叔，打一封信给俺，他说那边，日本人慢慢地都想法子把中国人治死，还说先治死这些穷人。依着我就不怕，可是俺老婆说俺们还有孩子啦，因此就跑到俺叔叔这里来，俺叔叔做个小买卖，俺就在叔叔家帮着照料照料……慢慢地活转几个钱，租两亩地种种……俺还有个儿，俺儿一年一年的，眼看着长成人啦！这几个钱没有活转着，俺叔要回山东，把小买卖也收拾啦，剩下俺一个人，这心里头可就转了圈子……山西原来和山东一样，人们也只有跑关东……要想在此地谋个生活，就好比苍蝇落在针尖上，俺山东人体性粗，这山西人体性慢……干啥事干不惯……"

"俺想，赵城可还离火线两三百里，许是不要紧……"他向着兵士，"咱中国的局面怎么样？听就日本人要夺风陵渡……俺在山西没有别的东西，就是这一只破船……"

兵士站起来，挂上他的洋瓷碗。油亮的发着光的嘴唇点燃着一支香烟，那有点胖的手骨节凹着小坑的手，又在整理着他的背包。黑色的裤子，灰色的上衣衣襟上涂着油迹和灰尘。但他脸上的表情是开展的，愉快的，平坦和希望的。他讲话的声音并不高朗，温和而宽弛，就像他在草原上生长起来的一样：

"我要赶路的，老乡！要给你家带个信吗？"

"带个信……"阎胡子感到一阵忙乱，这忙乱是从他的心底出发的。带什么呢？这河上没有什么可告诉的。"带一个口信说……"好像这饭铺炒菜的勺子又搅乱了他。"你坐下等一等，俺想一想……"

他的头垂在他的一只手上，好像已经成熟了的转茎莲垂下头来一样。席棚子被风吸着，凹进凸出的好像一大张海蜇飘在海面上。勺子声，菜刀声，被洗着的碗的声音，前前后

后响着鞭子声。小驴车，马车和骡子车，拖拖搭搭地载着军火或食粮来往着。车轮带起来的飞沙并不狂猖，而那狂猖的，是跟着黄河而来的，在空中它漫卷着太阳和蓝天，在地面它则漫卷着沙尘和黄土，漫卷着所有黄河地带生长着的一切，以及死亡的一切。

潼关，背着太阳的方向站着，因为土层起伏高下，看起来，那是微黑的一大群，像是烟雾停止了，又像黑云下降，又像一大群兽类堆集着蹲伏下来。那些巨兽，并没有毛皮，并没有面貌，只像是读了埃及大沙漠的故事之后，偶尔出现在夏夜的梦中的一个可怕的记忆。

风陵渡侧面向着太阳站着，所以土层的颜色有些微黄，及有些发灰，总之有一种相同在病中那种苍白的感觉。看上去，干涩，无光，无论如何不能把它制伏的那种念头，会立刻压住了你。

站在长城上会使人感到一种恐惧，那恐惧是人类历史的血流又鼓荡起来了！而站在黄河边上所起的并不是恐惧，而是对人类的一种默泣，对于病痛和荒凉永远的诅咒。

同蒲路的火车，好像几匹还没有睡醒的小蛇似的慢慢地来了一串，又慢慢地去了一串。那兵士站起来向阎胡子说：

"我就要赶火车去……你慢慢地喝吧……再会啦……"

阎胡子把酒杯又倒满了，他看着杯子底上有些泥土，他想，这应该倒掉而不应该喝下去。但当他说完了给他带一个家信，就说他在这河上还好的时候，他忘记了那杯酒是不想喝的也就走下喉咙去了。同时他赶快撕了一块锅饼放在嘴里，喉咙像是有什么东西在胀塞着，有些发痛。于是，他就抚弄着那块锅饼上突起的花纹，那花纹是画的"八卦"。他还识出了哪是"乾卦"，哪是"坤卦"。

奔向同蒲站的兵士，听到背后有呼唤他的声音：

"站住……站住……"

他回头看时，那老头好像一只小熊似的奔在沙滩上：

"我问你，是不是中国这回打胜仗，老百姓就得日子过啦？"

八路的兵士走回来，好像是沉思了一会，而后拍着那老头的肩膀：

"是的，我们这回必胜……老百姓一定有好日子过的。"

那兵士都模糊得像画面上的粗壮的小人一样了，可是阎胡子仍旧在沙滩上站着。

阎胡子的两脚深深地陷进沙滩去，那圆圆的涡旋埋没了他的两脚了。

一九三八，八，六，汉口。

朦胧的期待

一年之中三百六十日，

日日在愁苦之中，

还不如那山上的飞鸟，

还不如那田上的蚱虫。……

李妈从那天晚上就唱着曲子，就是当她听说金立之也要出发到前方去之后。金立之是主人家的卫兵。这事可并没有人知道，或者那另外的一个卫兵有点知道，但也说不定是李妈自己的神经过敏。

"李妈，李妈……"

当太太的声音从黑黑的树荫下面传来时，李妈就应着回答了两三声。因为她是性急爽快的人，从来是这样，现在仍是这样。可是当她刚一抬脚，为着身旁的一个小竹方凳，差一点没有跌倒，于是她感到自己是流汗了，耳朵热起来，眼前冒了一阵花，她想说：

"倒霉！倒霉！"她一看她旁边站着那个另外的卫兵，她就没有说。

等她从太太那边拿了两个茶杯回来，刚要放在水里边去洗，那姓王的卫兵把头偏着：

"李妈，别心慌，心慌什么，打碎了杯子。"

"你说心慌什么……"她来到嘴边上的话没有说，像是生气的样子，把两个杯子故意的撞出叮当的响声来。

院心的草地上，太太和老爷的纸烟的火光像一朵小花似的忽然开放得红了。忽然又收缩得像一片在萎落下去的花片。萤火虫在树叶上闪飞，看起来就像凭空的毫没有依靠的被风吹着似的那么轻飘。

"今天晚上绝对不会来警报的……"太太的椅背向后靠着，看着天空。她不大相信这天阴得十分沉重，她想要寻找空中是否还留着一个星子。

"太太，警报不是多少日子夜里不来了么？"李妈站在黑夜里就像被消灭了一样。

"不对，这几天要来的，战事一过九江，武汉空袭就多起来……"

"太太，那么这仗要打到哪里？也打到湖北？"

"打到湖北是要打到湖北的，你没看见金立之都要到前方去了吗？"

"到大冶，太太，这大冶是什么地方？多远？"

"没多远，出铁的地方，金立之他们整个的特务连都到那边去。"

李妈又问："特务连也打仗，也冲锋，就和别的兵一样？特务连不是在长官旁边保卫长官的吗？好比金立之不是保卫

太太和老爷的吗？"

"紧急的时候，他们也打仗，和别的兵一样啊！你还没听金立之说在大场他也作过战吗！"

李妈又问："到大冶是打仗去！"又隔了一会她又说："金立之就是作战去？"

"是的，打仗去，保卫我们的国家！"

太太没有十分回答她，她就在太太旁边静静地站了一会，听着太太和老爷谈着她所不大理解的战局，又是田家镇……又是什么镇……

李妈离开了院心经过有灯光的地方，她忽然感到自己是变大了，变得就像和院子一般大，她觉得她自己已经赤裸裸的摆在人们的面前。又仿佛自己偷了什么东西被人发觉了一样，她慌忙地躲在了暗处。尤其是那个姓王的卫兵，正站在老爷的门厅旁边，手里拿着个牙刷，像是在刷牙。

"讨厌鬼，天黑了，刷的什么牙……"她在心里骂着，就走进厨房去。

一年之中三百六十日，

日日在愁苦之中，

还不如那山上的飞鸟，

还不如那田上的蚱虫。

还不如那山上的飞鸟，

还不如那田上的蚱虫……

李妈在饭锅旁边这样唱着，在水桶旁边这样唱着，在晒衣服的竹竿子旁边也是这样唱着。从她的粗手指骨节流下来的水滴，把她的裤腿和她的玉蓝麻布的上衣都印着圈子。在她的深红而微黑的嘴唇上闪着一点光，好像一只油亮的甲虫伏在那里。

刺玫树的阴影在太阳下边，好像用布剪的、用笔画出来的一样爬在石阶前的砖柱上。而那葡萄藤，从架子上边倒垂下来的缠绕的枝梢，上面结着和纽扣一般大的微绿色和小琉璃似的圆葡萄，风来的时候，还有些颤抖。

李妈若是前些日子从这边走过，必得用手触一触它们，或者拿在手上，向她旁边的人招呼着：

"要吃得啦……多快呀！长得多快呀！……"

可是现在她就像没有看见它们，来往的拿着竹竿子经过的时候，她不经意地把竹竿子撞了葡萄藤，那浮浮沉沉地摇着的叶子，虽是李妈已经走过，而那阴影还在地上摇了多时。

李妈的忧郁的声音，不但从曲子声发出，就是从勺子、盘子、碗的声音，也都知道李妈是忧郁了，因为这些家具一点也不响亮。往常那响亮的厨房，好像一座音乐室的光荣的日子，只落在回忆之中。

白嫩的豆芽菜，有的还带着很长的须子，她就连须子一同煎炒起来，油菜或是白菜，她把它带着水就放在锅底上，油炸着菜的声音就像水煮的一样。而后，浅浅的白色盘子的四边向外流着淡绿色的菜汤。

用围裙揩着汗，她在正对面她平日挂在墙上的那块镜子里边，反映着仿佛是受惊的，仿佛是生病的，仿佛是刚刚被幸福离弃了的年青的山羊那么沉寂。

李妈才二十五岁，头发是黑的，皮肤是坚实的，心脏的跳动也和她的健康成和谐。她的鞋尖常常是破的，因为她走

路永远来不及举平她的脚，门槛上，煤堆上，石阶的边沿上，她随时随地地畅快地踢着。而现在反映在镜子里的李妈不是那个原来的李妈，而是另外的李妈了，黑了，沉重了，哑暗了。

把吃饭的家具摆齐之后，她就从桌子边退了去，她说："不大舒服，头痛。"

她面向着栏栅外的平静的湖水站着，而后荡着。已经爬上了架的倭瓜，在黄色的花上，有蜜蜂在带着粉的花瓣上来来去去。而湖上打成片的肥大的莲花叶子，每一张的中心顶着一个圆圆的水珠，这些水珠和水银的珠子似的向着太阳。淡绿色的莲花苞和挂着红嘴的莲花苞，从肥大的叶子的旁边站了出来。

湖边上有人为着一点点家常的菜蔬除着草，房东的老仆人指着那边竹墙上冒着气一张排着一张的东西向李妈说：

"看吧！这些当兵的都是些可怜人，受了伤，自己不能动手，都是弟兄们在湖里给洗这东西，这大的毯子，不会洗净的。不信，过到那边去看看，又腥又有别的味……"

西边竹墙上晒着军用毯，还有些草绿色的近乎黄色的军衣。李妈知道那是伤兵医院，从这几天起，她非常厌恶那医院，从医院走出来的用棍子当做腿的伤兵们，现在她一看了就有些害怕。所以那老头指给她看的东西，她只假装着笑笑。隔着湖，在那边湖边上洗衣服的也是兵士，并且在石头上打着洗着的衣裳发出沉重的水声来。……"金立之裹腿上的带子，我不是没给他钉起吗？真是发昏了，他一会不是来取吗？"

等她取了针线又来到湖边，隔湖的马路上，正过着军队，唱着歌的混着灰尘的行列，金立之不就在那行列里边吗？李妈神经质的，自己也觉得这想头非常可笑。

各种流行的军歌，李妈都会唱，尤其是那句"中华民族到了最危险的时候"。她每唱到这一句，她就学着军人的步伐走了几步。她非常喜欢这个歌，因为金立之喜欢。

可是今天她厌恶他们，她把头低下去，用眼角去看他们，而那歌声，就像黄昏时成团在空中飞着的小虫子似的，使她不能躲避。

"李妈……李妈。"姓王的卫兵喊着她，她假装没有听到。

"李妈！金立之来了。"

李妈相信这是骗她的话，她走到院心的草地上去，呆呆地站在那里。王卫兵和太太都看着她：

"李妈，没有吃饭吗？"

她手里卷着一半裹腿，她的嘴唇发黑，她的眼睛和钉子一样的坚实，不知道盯着她面前的什么。而另外的一半裹腿，比草的颜色稍微黄一点，长长的拖在草地上，拖在李妈的脚下。

金立之晚上八点多钟来的。红的领章上又多了一点金花，原来是两个，现在是三个。在太太的房里，为着他出发到前方去，太太赏给他一杯柠檬茶。

"我不吃这茶，我只到这里……我只回来看一下。连长和我一同到街上买连里用的东西。我不吃这茶……连长在八点一刻来看老爷的。"他灵敏的看一下袖口的表，"现在八点，连长一来我就得跟连长一同归连……"

· 21 ·

接着他就谈些个他出发到前方，到什么地方，做什么职务，特务连的连长是怎样一个好人，又是待兵多么真诚……太太和他热诚地谈着。李妈在旁边又拿太太的纸烟给金立之，她说：

"现在你来是客人了，抽一支吧！"

她又跑去把裹腿拿来，摆在桌子上，又拿在手里又打开，又卷起来……在地板上，她几乎不能停稳，就像有风的水池里走着的一张叶子。

他为什么还不来到厨房里呢？李妈故意先退出来，站在门槛旁边咳嗽了两声，而后又大声和那个王卫兵讲着连她自己也不知道是什么意思的话，她看金立之仍不出来，她又走进房去，她说：

"三个金花了，等从前方回来，大概要五个金花了。金立之今天也换了新衣裳，这衣裳也是新发的吗？"

金立之说："新发的。"

李妈要的并不是这样的回答。李妈又说：

"现在八点五分了，太太的表准吗？"

太太只向着表看了一下，点一点头，金立之仍旧没有注意。

"这次，我们打仗全是为了国家，连长说，宁作战死鬼，勿做亡国奴，我们为了妻子，家庭，儿女，我们必须抗战到底。……"

金立之站得笔直在和太太讲话。

趁着这功夫，她从太太房子里溜了出来，下了台阶，转了一个弯，她就出了小门，她去买两包烟送给他。听说，战壕里烟最宝贵。她在小巷子里一边跑着，一边想着她所要说的话："你若回来的时候，可以先找到老爷的官厅，就一定能找到我。太太走到哪里，说一定带着我走。再告诉他，回来的时候，你可不能就忘了我，要做个有心的人，可不能够高升了忘了我。……"

她在黑黑的巷子里跑着，她并不知道她自己是在发烧。她想起来到夜里就越热了，真是湖北的讨厌的天气。她的背脊完全浸在潮湿里面。

"还得把这块钱给他，我留着这个有什么用呢！下月的工钱又是五元。可是上前线去的，钱是有数的……"她隔着衣裳捏着口袋里一元钱的票子。

等李妈回来，金立之的影子都早消失在小巷子里了，她站在小巷子里喊着：

"金立之……金立之……"

远近都没有回声，她的声音还不如落在山涧里边还能得到一个空虚的反响。

和几年前的事情一样，那就是九江的家乡，她送一个年青的当红军的走了，他说他当完了红军回来娶她，他说那时一切就都好了。临走时还送给她一匹印花布，过去她在家里一看到那印花布她就要啼哭。现在她又送这个特务连的兵士走了，他说抗战胜利了回来娶她，他说那时一切就都好了。

还得告诉他："把我工钱都留着将来安排我们的家。我们的家。"

但是金立之已经走了，想是连长已经来了，他归连了。

等她拿着纸烟，想起这最末的一句话的时候，她的背脊

被凉风拍着，好像浸在凉水里一样，因为她站定了，她停止了，热度离开了她，跳跃和翻腾的情绪离开了她。徘徊，鼓荡着的要破裂的那一刻的人生，只是一刻把其余的人生都带走了。人在静止的时候常常冷的。所以她不期地打了个机灵的冷战。

李妈回头看一看那黑黑的院子，她不想再走进去，可是在她前面的那黑黑的小巷子，招引着她的更没有方向。

她终归是转回身来，在那显着一点苍白的铺砖的小路上，她摸索着回来了。房间里的灯光和窗帘子的颜色，单调得就像飘在空中的一块布和闪在空中的一道光线。

李妈打开了女仆的房门，坐在她自己的床头上，她觉得虫子今夜都没有叫过，空的，什么都是不着边际的，电灯是无缘无故的悬着，床铺是无缘无故的放着，窗子和门也是无缘无故的设着……总之，一切都没有理由存在，也没有理由消灭。……

李妈最末想起来的那一句话，她不愿意反复，可是她又反复了一遍：

"把我的工钱，都留着将来安排我们的家。"

李妈早早地休息了，这是第一次，在全院子的女仆休息之前她是第一次睡得这样早，两盒红锡包香烟就睡在她枕头的旁边。

湖边上战士们的歌声，虽然是已经黄昏以后，有时候隐隐的还可以听到。

夜里她梦见金立之从前线上回来了。"我回来安家来了，从今我们一切都好了。"他打胜了。

而且金立之的头发还和从前一样的黑。

他说："我们一定得胜利的，我们为什么不胜利呢，没道理！"

李妈在梦中很温顺地笑了。

一九三八，十，三十一。

旷野的呼喊·小城三月

旷野的呼喊

风撒欢了。

在旷野，在远方，在看也看不见的地方，在听也听不清的地方，人声，狗叫声，嘈嘈杂杂地喧哗了起来。屋顶的草被拔脱，墙圈头上的泥土在翻花，狗毛在起着一个一个的圆穴，鸡和鸭子们被刮得要想站也站不住。平常喂鸡撒在地上的谷粒，那金黄的，闪亮的，好像黄金的小粒，一个跟着一个被大风扫向墙根去，而后又被扫了回来，又被扫到房檐根下。而后混着不知从什么地方飘来的从未见过的大树叶，混同着和高粱粒一般大的四方的或多棱的沙土，混同着刚被大风拔落下来的红的黑的、或杂色的鸡毛，还混同着破布片，还混同着唰啦唰啦的高粱叶，还混同着灰矮瓜色的豆秆，豆秆上零零乱乱地挂着豆粒已经脱掉了空敞的豆荚。一些红纸片，那是过新年时门前粘贴的红对联——三阳开泰四喜临门——或是"出门见喜"的红条子，也都被大风撕得一条一条的，一块一块的。这一些干燥的、毫没有水分的拉杂的一

堆，唰啦啦、呼哩哩在人间任意地扫着。刷着豆油的平滑得
和小鼓似的乡下人家的纸窗，一阵一阵地被沙粒击打着，发
出铃铃的铜声来。而后，鸡毛或纸片，飞得离开地面更高。若
遇着毛草或树枝，就把它们障碍住了，于是房檐上站着鸡毛，
鸡毛随着风东摆一下，西摆一下，又被风从四面裹着，站得
完全笔直，好像大森林里边用野草插的标记。而那些零乱的
纸片，刮在远椽头上时，却呜呜地它也赋着生命似的叫喊。

　　陈公公一推开房门，刚把头探出来，他的帽子就被大风
卷跑了，在那光滑的被大风完全扫干净了的门前平场上滚着，
滚得像一个小西瓜，像一个小车轮，而最像一个小风车。陈
公公追着它的时候，它还扑扑拉拉的不让陈公公追上它。

　　"这刮的是什么风啊！这还叫风了吗！简直他妈的……"

　　陈公公的儿子，出去已经两天了，第三天就是这刮大风
的天气。

　　"这小子到底是干什么去了啊？纳闷……这事真纳
闷，……"于是又带着沉吟和失望的口气："纳闷！"

　　陈公公跑到瓜田上才抓住了他的帽子，帽耳朵上滚着不
少的草沫。他站在垄陌上，顺着风用手拍着那四个耳朵的帽
子，而拍也拍不掉的是苍子的小刺球，他必须把它们打掉，
这是多么讨厌啊！手触去时，完全把手刺痛。看起来又像小
虫子，一个一个地钉在那帽檐上。

　　"这小子到底是干什么去啦！"帽子已经戴在头上，前边
的帽耳，完全探伸在大风里，遮盖了他的眼睛。他向前走时，
他的头好像公鸡的头向前探着，那顽强挣扎着的样子，就像
他要钻进大风里去似的。

"这小子到底……！他妈的……"这话是从昨天晚上他就不停止地反复着。他抓掉了刚才在腿上摔着帽子时刺在裤子上的芒子，把它们在风里丢了下去。

"他真随了义勇队了吗？纳闷！明年一开春，就是这时候，就要给他娶妇了，若今年收成好，上秋也可以娶过来呀！当了义勇队，打日本……哎哎，总是年轻人哪，……"当他看到村头庙堂的大旗杆，仍旧挺直地站在大风里的时候，他就向着旗杆的方向骂了一句："小鬼子……"而后他把全身的筋肉抖擞一下。他所想的他觉得都是使他生气，尤其是那旗杆，因为插着一对旗杆的庙堂，驻着新近才开来的日本兵。

"你看这村子还像一个样子了吗？"大风已经遮掩了他嘟嘟着的嘴。他看见左边有一堆柴草，是日本兵征发去的。右边又是一堆柴草。而前村，一直到村子边上，一排一排的堆着柴草。这柴草也都是征发给日本兵的。大风刮着它们，飞起来的草沫，就和打谷子扬场的时候一样，每个草堆在大风里边变成了一个一个的土堆似的在冒着烟。陈公公向前冲着时，有一团谷草好像整捆地滚在他的脚前，障碍了他。他用了全身的力量，想要把那谷草踢得远一点儿，然而实在不能够做到。因为风的方向和那谷草滚来的方向是一致的，而他就正和它们相反。

"这是一块石头吗？真没见过！这是什么年头，……一捆谷草比他妈一块石头还硬！……"

他还想要骂一些别的话，就是关于日本子的。他一抬头看见两匹大马和一匹小白马从西边跑来。几乎不能看清那两匹大马是棕色的或是黑色的，只好像那马的周围裹着一团烟跑来，又加上陈公公的眼睛不能够抵抗那紧逼着他而刮来的风。按着帽子，他招呼着：

"站住……嘞……嘞……"他用舌尖，不，用了整个的舌头打着嘟噜。而这种唤马的声音只有他自己能够听到，他把声音完全灌进他自己的袖管里去。于是他放下按着帽子的手来，使那宽大的袖管离开他的嘴。把舌头在嘴里边整理一下，让它完全露在大风里，准备发出响亮的声音。他想这马一定是谁家来了客人骑来的，在马桩上没有拴住。还没等他再发出嘞嘞的唤马声，那马已经跑到他的前边。他想要把它们拦住而抓住它，当他一伸手，他就把手缩回来，他看见马身上盖着的圆的日本军营里的火印：

"这哪是客人的马呀！这明明是他妈……"

陈公公的胡子挂上了几颗谷草叶，他一边凉着它们就打开了房门。

"听不见吧？不见得就是……"

陈姑妈的话就像落在一大锅开水里的微小的冰块，立刻就被消融了。因为一打开房门，大风和海潮似的，立刻喷了进来烟尘和吼叫的一团，陈姑妈像被扑灭了似的。她的话陈公公没有听到。非常危险，陈公公挤进门来，差一点没有撞在她身上，原来陈姑妈的手上拿着一把切菜刀。

"是不是什么也听不见？风太大啦，前河套听说可有那么一伙，那还是前些日子……西寨子，西水泡子，我看那地方也不能不有，那边都是柳条通……一人多高，刚开春还说不定没有，若到夏天，青纱帐起的时候，那就是好地方啊……"陈姑妈把正在切着的一颗胡萝卜放在菜墩上。

"啰啰唆唆的叨叨些个什么！你就切你的菜吧！你的好儿

子你就别提啦。"

陈姑妈从昨天晚上就知道陈公公开始不耐烦。关于儿子没有回来这件事，把他们的家都像通通变更了。好像房子忽然透了洞，好像水瓶忽然漏了水，好像太阳也不从东边出来，好像月亮也不从西边落。陈姑妈还勉勉强强的像是照常在过着日子，而陈公公在她看来，那完全是可怕的。儿子走了两夜，第一夜还算安静静地过来了，第二夜忽然就可怕起来。他通夜坐着，抽着烟，拉着衣襟，用笤帚扫着行李，扫着四耳帽子，扫着炕沿。上半夜嘴里任意叨叨着，随便想起什么来就说什么，说到他儿子的左腿上生下来时就有一块青痣：

"你忘了吗？老娘婆（即产婆）不是说过，这孩子要好好看着他，腿上有病，是主走星照命……可就真忍心走下去啦！……他也不想想，留下他爹他娘，又是这年头，出外有个好歹的，干那勾当，若是犯在人家手里……那还那还说什么呢！就连他爹也逃不出法网……义勇队，义勇队，好汉子是要干的，可是他也得想想爹和娘啊！爹娘就你一个……"

上半夜他一直叨叨着，使陈姑妈也不能睡觉。下半夜他就开始一句话也不说，忽然他像变成了哑子，同时也变成了聋子似的。从清早起来，他就不说一句话。陈姑妈问他早饭煮点儿高粱粥吃吧，可是连一个字的回答，也没有从他嘴里吐出来。他扎好腰带，戴起帽子就走了。大概是在外边转了一弯又回来了。那工夫，陈姑妈在涮一个锅都没有涮完，她一边淘着涮锅水，一边又问一声：

"早晨就吃高粱米粥好不好呢？"

他没有回答她，两次他都并没听见的样子。第三次，她就不敢问了。

晚饭又吃什么呢？又这么大的风。她想还是先把萝卜丝切出来，烧汤也好，炒着吃也好。一向她做饭，是做三个人吃的，现在要做两个人吃的。只少了一个人，连下米也不知道该下多少。那一点米。在盆底上，洗起来简直是拿不上手来。

"那孩子，真能吃，一顿饭三四碗……可不吗，二十多岁的大小伙子是正能吃的时候……"

她用饭勺子搅了一下那剩在瓦盆里的早晨的高粱米粥。高粱米粥凝了一个明光光的大泡。饭勺子在上面触破了它，它还发出有弹性的触在猪皮冻上似的响声："稀饭就是这样，剩下来的扔了又可惜，吃吧，又不好吃，一热就粥不是粥，饭不是饭……"

她想要决定这个问题，勺子就在小瓦盆边上沉吟了两下。她好像思想家似的，很困难地感到她的思维方法全不够用。

陈公公又跑出去了，随着打开的门扇扑进来的风尘又遮盖了陈姑妈。

他们的儿子前天一出去就没回来，不是当了土匪就是当了义勇军，也许是就当了义勇军，陈公公记得清清楚楚的，那孩子从去年冬天就说做棉裤要做厚一点，还让他的母亲把四耳帽子换上两块新皮子。他说：

"要干，拍拍屁股就去干，弄得利利索索的。"

陈公公就为着这话问过他：

"你要干什么呢？"

当时他只反问他父亲一句没有结论的话，可是陈公公听了儿子的话只答应两声："唉！唉！"也是同样的没有结论。

"爹！你想想要干什么去！"儿子说的只是这一句。

陈公公在房檐下扑着一颗打在他脸上的鸡毛，他顺手就把它扔在风里边。看起来那鸡毛简直是被风夺走的，并不像他把它丢开的。因它一离开手边，要想抓也抓不住，要想看也看不见，好像它早已决定了方向就等着奔去的样子。陈公公正在想着儿子那句话，他的鼻子上又打来了第二颗鸡毛，说不定是一团狗毛，他只觉得毛茸茸的他就用手把它扑掉了。他又接着想，同时望着西方，他把脚跟抬起来，把全身的力量都站在他的脚尖上。假若有太阳，他就像孩子似的看着太阳是怎样落山的。假若有晚霞他就像孩子似的翘起脚尖来要看到晚霞后面究竟还有什么。而现在西方和东方一样，南方和北方也都一样，混混沌沌的，黄的色素遮迷过眼睛所能看到的旷野，除非有山或者有海会把这大风遮住，不然它就永远要没有止境地刮过去似的。无论清早，无论晌午和黄昏，无论有天河横在天上的夜，无论过年或过节，无论春夏和秋冬。

现在大风像在洗刷着什么似的，房顶没有麻雀飞在上面，大田上看不见一个人影，大道上也断绝了车马和行人。而人家的烟囱里更没有一家冒着烟的，一切都被大风吹干了。这活的村庄变成了刚刚被掘出土地的化石村庄了。一切活动着的都停止了，一切响叫着的都哑默了，一切歌唱着的都在叹息了，一切发光的都变成混浊的了，一切颜色，都变成没有颜色了。

陈姑妈抵抗着大风的威胁，抵抗着儿子跑了的恐怖，又抵抗着陈公公为着儿子跑走的焦烦。

她坐在条凳上，手里折着经过一个冬天还未十分干的柳条技，折起四五节来。她就放在她面前临时生起的火堆里，火堆为着刚刚丢进去的树枝随时起着爆炸，黑烟充满着全屋，好像暴雨快要来临时天空的黑云似的。这黑烟和黑云不一样，它十分会刺激人的鼻子、眼睛和喉咙……

　　"加小心哪！离灶火腔远一点啊……大风会从灶火门把柴火抽进去的……"

　　陈公公一边说着，一边拿起树枝来也折几棵。

　　"我看晚上就吃点面片汤吧……连汤带饭的，省事。"

　　这话在陈姑妈，就好像小孩子刚一学说话时，先把每个字在心里想了好几遍，而说时又把每个字用心考虑着。她怕又像早饭时一样，问他，他不回答，吃高粱米粥时，他又吃不下去。

　　"什么都行，你快做吧，吃了好让我也出去走一趟。"

　　陈姑妈一听说让她快做，拿起瓦盆来就放在炕沿上，小面口袋里只剩一碗多面，通通搅和在瓦盆底上。

　　"这不太少了吗？……反正多少就这些，不够吃，我就不吃。"她想。

　　陈公公一会跑进来，一会跑出去，只要他的眼睛看了她一下，她总觉得就要问她：

　　"还没做好吗？还没做好吗？"

　　她越怕他在她身边走来走去，他就越在她身边走来走去。燃烧着的柳条枝丝拉丝拉的发出水声来，她赶快放下手里在撕着的面片，抓起扫地笤帚来煽着火，锅里的汤连响边都不响边，汤水丝毫没有滚动声，她非常着急。

旷野的呼喊·小城三月

"好啦吧？好啦就快端来吃……天不早啦……吃完啦我也许出去绕一圈……"

"好啦，好啦！用不了一袋烟的工夫就好啦……"

她打开锅盖吹着气看看，那面片和死的小白鱼似的，一动也不动地飘在水皮上。

"好啦就端来呀！吃呵！"

"好啦……好啦……"

陈姑妈答应着，又开开锅盖，虽然汤还不翻花，她又勉强地丢进几条面片去。并且尝一尝汤或咸或淡，铁勺子的边刚一贴到嘴唇……"

"哟哟！"汤里还忘记了放油。

陈姑妈有两个油罐，一个装豆油一个装棉花籽油，两个油罐永远并排地摆在碗橱最下的一层，怎么会弄错呢！一年一年的这样摆着，没有弄错过一次。但现在这错误不能挽回了，已经把点灯的棉花籽油撒在汤锅里了，虽然还没有散开，用勺子是掏不起来的。勺子一触上就把油圈触破了，立刻变成无数的小油圈。假若用手去抓也不见得会抓起来。

"好啦就吃呵！"

"好啦，好啦！"她非常害怕，自己也不知道她回答的声音特别响亮。

她一边吃着一边留心陈公公的眼睛。

"要加点汤吗？还是要加点面……"

她只怕陈公公亲手去盛面，而盛了满碗的棉花籽油来。要她盛时，她可以用嘴吹跑了浮在水皮上的棉花籽油，尽量去盛锅底上的。

一放下饭碗，陈公公就往外跑。开房门，他想起来他没有戴帽子：

"我的帽子呢？"

"这儿呢，这儿呢。"

其实她真的没有看见他的帽子，过于担心了的缘故，顺口答应了他。

陈公公吃完了棉花籽油的面片汤，出来一见到风，感到非常凉爽。他用脚尖站着，他望着西方，并不是他知道他的儿子在西方或是要从西方来，而是西方有一条大路可以通到城里。

旷野，远方，大平原上，看也看不见的地方，听也听不清的地方，狗叫声、人声、风声、土地声、山林声，一切喧哗，一切好像落在火焰里的那种暴乱，在黄昏的晚霞之后，完全停息了。

西方平静得连地面都有被什么割据去了的感觉，而东方也是一样。好像刚刚被大旋风扫过的柴栏，又好像被暴雨洗刷过的庭院，狂乱的和暴躁的完全停息了。停息得那么斩然，像是在远方并没有发生过什么事情。今天的夜，和昨天的夜完全一样，仍旧能够焕发着黄昏以前的记忆的，一点也没有留存。地平线远处或近处完全和昨夜一样平坦地展放着，天河的繁星仍旧和小银片似的成群的从东北方列到西南方去。地面和昨夜一样的哑默，而天河和昨夜一样的繁华。一切完全和昨夜一样。

豆油灯照例是先从前村点起，而后是中间的那个村子，而再后是最末的那个村子。前村最大，中间的村子不太大，

而最末的一个最不大。这三个村子好像祖父、父亲和儿子，他们一个牵着一个地站在平原上。冬天落雪的天气，这三个村子就一齐变白了。而后用笤帚打扫出一条小道来，前村的人经过后村的时候，必须说一声：

"好大的雪呀！"

后村的人走过中村时，也必须对于这大雪问候一声，这雪是烟雪或棉花雪，或清雪。

春天雁来的晌午，他们这三个村子就一齐听着雁鸣，秋天乌鸦经过天空的早晨，这三个村子也一齐看着遮天的黑色的大群。

陈姑妈住在最后的村子边上，她的门前一棵树也没有。一头牛，一匹马，一个狗或是几只猪，这些地都没有养，只有一对红公鸡在鸡架上蹲着，或是在房前寻食小虫或米粒，那火红的鸡冠子迎着太阳向左摆一下，向右荡一下，而后闭着眼睛用一只腿站在房前或柴堆上，那实在是一对小红鹤。而现在它们早就攒进鸡架去，和昨夜一样也早就睡着了。

陈姑妈的灯碗子也不是最末一个点起，也不是最先一个点起。陈姑妈记得，在一年之中，她没有点几次灯，灯碗完全被蛛丝蒙盖着，灯芯落到灯碗里了，尚未用完的一点灯油混了尘土都粘在灯碗了。

陈姑妈站在锅台上把摆在灶王爷板上的灯碗取下来，用剪刀的尖端搅着灯碗底，那一点点棉花籽油虽然变得浆糊一样，但是仍旧发着一点油光，又加上一点新从罐子倒出来的棉花籽油，小灯于是噼噼啦啦地站在炕沿上了。

陈姑妈在烧香之前，先洗了手。平日很少用过的家制的肥皂，今天她存心多擦一些，冬天因为风吹而麻皮了的手，一开春就横横竖竖地裂着满手的小口。相同冬天里被冻裂的大地，虽然春风昼夜地吹击，想要弥补了这缺隙，不但没有弥补上，反而更把它们吹得深隐而裸露了。陈姑妈又用原来那块过年时写对联剩下的红纸把肥皂包好。肥皂因为被空气的消蚀，还落了白花花的碱沫在陈姑妈的大襟上，她用扫帚扫掉了那些。又从梳头匣子摸出黑乎乎的一面玻璃砖镜子来，她一照那镜子，她的脸就在镜子里被切成横横竖竖的许多方格子。那块镜子在十多年前被打碎了以后，就缠上四五尺长的红头绳，现在仍旧是那块镜子。她想要照一照碎头发丝是否还垂在额前，结果什么也没有看见，只恍恍惚惚地她还认识镜子里边的确是她自己的脸。她记得近几年来镜子就不常用，只有在过新年的时候，四月十八上庙会的时候，再就是前村娶媳妇或是丧事，她才把镜子拿出来照照，所以那红头绳若不是她自己还记得，谁看了敢说原先那红头绳是红的！因为发霉和油腻得使手触上去时感到了是触到胶上似的。陈姑妈连更远一点的集会也没有参加过，所以她养成了习惯，怕过河，怕下坡路，怕经过树林，更怕的还有坟场，尤其是坟场里枭鸟的叫声，无论白天或夜里，什么时候听，她就什么时候害怕。

　　陈姑妈洗完了手，扣好了小铜盒在柜底下。她在灶王爷板上的香炉里，插了三炷香。接着她就跪下去，向着那三个并排的小红火点叩了三个头。她想要念一段"上香头"，因为那经文并没有全记住，她想若不念了成套的，那更是对神的不敬，更是没有诚心。于是胸扣着紧紧的一双掌心，她虔诚

地跪着。

灶王爷不晓得知不知道陈姑妈的儿子到底哪里去了，只在香火后边静静地坐着。蛛丝混着油烟，从新年他和灶王奶奶并排的被浆糊贴在一张木板上那一天起，就无间断的蒙在他的脸上。大概什么也看不着了，虽然陈姑妈的眼睛为着儿子就要挂下眼泪来。

外边的风一停下来，空气宁静得连针尖都不敢触上去。充满着人们的感觉的都是极脆弱而又极完整的东西。村庄又恢复了它原来的生命。脱落了草的房脊静静地在那里躺着。几乎被拔走了的小树垂着头在休息。鸭子呱呱的在叫，相同喜欢大笑的人遇到了一起。白狗、黄狗、黑花狗……也许两条平日一见到非咬架不可的狗，风一静下来，它们都前村后村的跑在一起。完全是一个平静的夜晚，远处传来的人声，清澈得使人疑心从山涧里发出来的。

陈公公在窗外来回地踱走，他的思想系在他儿子的身上，仿佛让他把思想系在一颗陨星上一样。陨星将要沉落到哪里去，谁知道呢？

陈姑妈因为过度的虔诚而感动了她自己，她觉得自己的眼睛是湿了。让孩子从自己手里长到二十岁，是多么不容易！而最酸心的，不知是什么无缘无故地把孩子夺了去。她跪在灶王爷前边回想着她的一生，过去的她觉得就是那样了。人一过了五十，只等着往六十上数。还未到的岁数，她一想还不是就要来了吗？这不是眼前就开头了吗？她想要问一问灶王爷她的儿子还能回来不能！因为这烧香的仪式过于感动了她，她只觉得背上有点寒冷，眼睛有点发花。她一连用手背揩了三次眼睛，可是仍旧不能看见香炉碗里的三炷香火。

她站起来，到柜盖上去取火柴盒时，她才想起来，那香是隔年的，因为潮湿而灭了。

"这是多么不敬呵！"

陈姑妈又站上锅台去，打算把香重新点起。因为她不常站在高处，多少还有点害怕。正这时候，房门忽然打开了。

陈姑妈受着惊，几乎从锅台上跌下来。回头一看，她说："哟哟！"

陈公公的儿子回来了，身上背着一对野鸡。

一对野鸡，当他往炕上一摔的时候，他的大笑和翻滚的开水卡拉卡拉似的开始了，又加上水缸和窗纸都被震动着，所以他的声音还带着回声似的，和冬天从雪地上传来的打猎人的笑声一样。但这并不是他今天特别出奇的笑，他笑的习惯就是这样。从小孩子时候起，在蚕豆花和豌豆花之间，他和会叫的大鸟似的叫着。他从会走路的那天起就跟陈公公跑在瓜田上，他的眼睛真的明亮得和瓜田里的黄花似的，他的腿因为刚学着走路，常常耽不起那丝丝拉拉的瓜身的缠绕，跌倒是他每天的功课。而他不哭也不呻吟，假若擦破了膝盖的皮肤而流了血，那血简直不是他的一样。他只是跑着，笑着，同时嚷嚷着。若全身不穿衣裳，只戴一个蓝麻花布的兜肚，那就像野鸭子跑在瓜田上了，东颠西摇的，同时嚷着和笑着，并且这孩子一生下来陈姑妈就说：

"好大嗓门！长大了还不是个吹鼓手的角色！"

对于这初来的生命，不知道怎样去喜欢他才好，往往用被人蔑视的行业或形容词来形容。这孩子的哭声实在大，老

娘婆想说：

"真是一张好锣鼓！"

可是他又不是女孩，男孩是不准骂他锣鼓的，被骂了破锣之类，传说上不会起家……

今天他一进门就照着他的习惯大笑起来，若让邻居听了，一定不会奇怪。若让他的舅母或姑母听了，也一定不会奇怪。她们都要说：

"这孩子就是这样长大的呀！"

但是做父亲和做母亲的反而奇怪起来。他笑得在陈公公的眼里简直和黄昏之前大风似的，不能够控制，无法控制，简直是一种多余，是一种浪费。

"这不是疯子吗……这……这……"

这是第一次陈姑妈对儿子起的坏的联想。本来她想说：

"我的孩子啊！你可跑到哪儿去了呢！你……你可把你爹……"

她对她的儿子起了反感。他那么坦荡荡的笑声，就像他并没有离开过家一样。但是母亲心里想：

"他是偷着跑的呀！"

父亲站到红躺箱的旁边，离开儿子五六步远，脊背靠在红躺箱上。那红躺箱还是随着陈姑妈陪嫁来的，现在不能分清是红的还是黑的了。正像现在不能分清陈姑妈的头发是白的还是黑的一样。

陈公公和生客似的站在那里。陈姑妈也和生客一样。只有儿子才像这家的主人，他活跃的，夸张的，漠视了别的一切。他用嘴吹着野鸡身上的花毛，用手指尖扫着野鸡尾巴上的漂亮的长翎。

"这东西最容易打，攒头不顾腚……若一开枪，它就插猛子……这俩都是这么打住的。爹！你不记得么！我还是小的时候，你领我一块去拜年去……那不是，那不是……"他又笑起来："那不是么！就用砖头打住一个。趁它把头插进雪堆去。"

陈公公的反感一直没有减消，所以他对于那一对野鸡就像没看见一样，虽然他平常是怎么喜欢吃野鸡。鸡丁炒芥菜缨，鸡块炖土豆。但是他并不向前一步，去触触那花的毛翎。

"这小子到底是去干的什么？"

在那棉花籽油还是燃着的时候，陈公公只是向自己在反复。

"你到底跑出去干什么去了呢？"

陈公公第一句问了他的儿子，是在小油灯噼噼拉拉的灭了之后。他静静地把腰伸开，使整个的背脊接近了火炕的温热的感觉。他充满着庄严而胆小的情绪等待儿子的回答。他最怕就怕的是儿子说出他加入了义勇队，而最怕的又怕他儿子不向他说老实话。所以已经来到喉咙的咳嗽也被他压下去了，他抑止着可能抑止的从他自己发出的任何声音。三天以来的苦闷的急躁，陈公公觉得一辈子只有过这一次。也许还有过，不过那都提起来远了，忘记了。就是这三天，他觉得比活了半辈子还长。平常他就怕他早死，因为早死，使他不得兴家立业，不得看见他的儿孙的繁荣。而这三天，他想还是算了吧！活着大概是没啥指望。关于儿子加入义勇队没有，对于陈公公是一种新的生命，比儿子加入了义勇队的新的生

命的价格更高。

儿子回答他的，偏偏是欺骗了他。

"爹，我不是打回一对野鸡来么！跟前村的李二小子一块……跑出去一百多里……"

"打猎哪有这样打的呢！一跑就是一百多里……"陈公公的眼睛注视着纸窗微黑的窗棂。脱离他嘴唇的声音并不是这句话，而是轻微的和将要熄灭的灯火那样无力叹息。

春天的夜里，静穆得带着温暖的气息，尤其是当柔软的月光照在窗子上，使人的感觉像是看见了鹅毛在空中游着似的，又像刚刚睡醒由于温暖而眼睛所起的惰懒的金花在腾起。

陈公公想要证明儿子非加入了义勇队不可的，一想到"义勇队"这三个字，他就想到"小日本"那三个字。

"××××××××××××××××，××××。" 一想到这个，他就怕再想下去，再想下去，就是小日本枪毙义勇队。所以赶快把思想集中在纸窗上，他无用处地计算着纸窗被窗棂所隔开的方块到底有多少。两次他都数到第七块上就被"义勇队"这三个字撞进脑子来而搅混了。

睡在他旁边的儿子，和他完全是两个隔离的灵魂。陈公公转了一个身，在转身时他看到儿子在微光里边所反映的蜡黄的脸面和他长拖拖的身子。只有儿子那瘦高的身子和挺直的鼻梁还和自己一样。其余的，陈公公觉得，完全都变了。只有三天的工夫，儿子和他完全两样了。两样得就像儿子根本没有和他一块生活过，根本他就不认识他，还不如一个刚来的生客。因为对一个刚来的生客最多也不过生疏，而绝没有忌妒。对儿子，他却忽然存在了忌妒的感情。秘密一对谁隐藏了，谁就忌妒；而秘密又是最自私的，非隐藏不可。

陈公公的儿子没有去打猎，没有加入义勇队。那一对野鸡是用了三天的工钱在松花江的北沿铁道旁买的。他给日本人修了三天铁道。对于工钱，还是他生下来第一次拿过。他没有做过佣工，没有做过零散的铲地的工人，没有做过帮忙的工人。他的父亲差不多半生都是给人家看守瓜田。他随着父亲从夏天就开始住在三角形的瓜窝堡里。瓜窝堡夏天是在绿色的瓜花里边，秋天则和西瓜或香瓜在一块了。夏天一开始，所有的西瓜和香瓜的花完全开了，这些花并不完全每个结果子，有些个是谎花。这谎花只有谎骗人，一两天就蔫落了。这谎花要随时摘掉的。他问父亲说：

"这谎花为什么要摘掉呢？"

父亲只说：

"摘掉吧！它没有用处。"

长大了他才知道，谎花若不摘掉，后来越开越多。那时候他不知道，但也同父亲一样地把谎花一朵一朵地摘落在垄沟里。小时候他就在父亲给人家管理的那块瓜田上，长大了仍旧是在父亲给人家管理的瓜田上。他从来没有直接给人家佣工，工钱从没有落过他的手上，这修铁道是第一次。况且他又不是专为着修铁道拿工钱而来的，所以三天的工钱就买了一对野鸡。第一，可以使父亲喜欢。第二，可以借着野鸡撒一套谎。

现在他安安然然地睡着了，他以为父亲对他的谎话完全信任了。他给日本人修铁道预备偷着拔出铁道钉子来，弄翻

了火车这个企图，他仍是秘密的。在梦中他也像看见了日本兵的子弹车和食品车。

"这虽然不是当的义勇军，可是干的事情不也是对着小日本吗？洋酒、盒子肉（罐头），我是没看见，只有听说，说上次让他们弄翻了车，就是义勇军派人弄的。东西不是通通被义勇军得去了吗……他妈的……就不说吃，用脚踢着玩吧，也开心"。

他翻了一个身，他擦一擦手掌。白天他是这样想的，夜里他也就这样想着就睡了。他擦着手掌的时候，可觉得手掌与平常有点不一样，有点僵硬和发热。两只胳臂仍旧抬着铁轨似的有点发酸。

陈公公张着嘴，他怕呼吸从鼻孔进出，他怕一切声音，他怕听到他自己的呼吸。偏偏他的鼻子有点窒塞。每当他吸进一口气来，就像有风的天气，纸窗破了一个洞似的，呜呜地在叫。虽然那声音很小，只有留心才能听到。但到底是讨厌的，所以陈公公张着嘴预备着睡觉。他的右边是陈姑妈，左边是不知从哪里弄来一对野鸡莫名其妙的儿子。

棉花籽油灯熄灭后，灯芯继续发散出糊香的气味。陈公公偶而从鼻子吸了一口气时，他就嗅到那灯芯的气味。因为他讨厌那气味，并不觉得是糊香的，而觉得是辣酥酥的引他咳嗽的气味。所以他不能不张着嘴呼吸。好像他讨厌那油烟，反而大口的吞着那油烟一样。

第二天，他的儿子照着前回的例子，又是没有声响地就走了。这次他去了五天，比第一次多了两天。

陈公公应付着他自己的痛苦非常沉着的。他向陈姑妈说：

"这也是命呵……命里当然……"

春天的黄昏，照常存在着那种静穆得就要浮腾起来的感觉。陈姑妈的一对红公鸡，又像一对小红鹤似的用一条腿在房前站住了。

"这不是命是什么！算命打卦的，说这孩子不能得他的继……你看，不信是不行呵，我就一次没有信过。可是不信又怎样，要落到头上的事情，就非落上不可。"

黄昏的时候，陈姑妈在檐下整理着豆秆，凡是豆荚里还存在一粒或两粒豆子的，她就一粒不能跑过地把那豆粒留下。她右手拿着豆秆，左手摘下豆粒来，摘下来的豆粒被她丢进身旁的小瓦盆去，每颗豆子都在小瓦盆里跳了几下。陈姑妈左手里的豆秆也就丢在一边了。越堆越高起来的豆秆堆，超过了陈姑妈坐在地上的高度，必须到黄昏之后，那豆粒滚在地上找不着的时候，陈姑妈才把豆秆抱进屋去。明天早晨，这豆秆就在灶门口里边变成红忽忽的火。陈姑妈围绕着火，好像六月里的太阳围绕着菜园。谁最热烈呢？陈姑妈呢！还是火呢！这个分不清了。火是红的，可是陈姑妈的脸也是红的。正像六月太阳是金黄的，六月的菜花也是金黄的一样。

春天的黄昏是短的，并不因为人们喜欢而拉长，和其余三个季节的黄昏一般长。养猪的人家喂一喂猪，放马的人家饮一饮马……若是什么也不做，只是抽一袋烟的工夫，陈公公就是什么也没有做，拿着他的烟袋站在房檐底下。黄昏一过去，陈公公变成一个长拖拖的影子，好像一个黑色的长柱支持着房檐。他的身子的高度，超出了这一连排三个村子所有的男人。只有他的儿子，说不定在这一两年中要超过他的。

现在儿子和他完全一般高，走进门的时候，儿子担心着父亲，怕父亲碰了头顶。父亲担心着儿子，怕是儿子无止境的高起来，进门时，就要顶在门梁上。其实不会的。因为父亲心里特别喜欢儿子也长了那么高的身子而常常说相反的话。

陈公公一进房门，帽子撞在上门梁上，上门梁把帽子擦歪了。这是从来也没有过的事情。一辈子就这么高，一辈子也总戴着帽子。因此立刻又想起来儿子那么高的身子，而现在完全无用了。高有什么用呢？现在是他自己任意出去瞎跑，陈公公的悲哀，他自己觉得完全是因为儿子长大了的缘故。

"人小，胆子也小；人大，胆子也大……"

所以当他看到陈姑妈的小瓦盆里泡了水的黄豆粒，一夜就裂嘴了，两夜芽子就长过豆粒子，他心里就恨那豆芽，他说：

"新的长过老的了，老的就完蛋了。"

陈姑妈并不知道这话什么意思，她一边梳着头一边答应着：

"可不是么……人也是这样……个人家的孩子，撒手就跟老子一般高了。"

第七天上，儿子又回来了，这回并不带着野鸡，而带着一条号码：三百八十一号。

陈公公从这一天起可再不说什么"老的完蛋了"这一类的话。

有几次儿子刚一放下饭碗，他就说：

"擦擦汗就去吧！"

更可笑的他有的时候还说：

"扒拉扒拉饭粒就去吧！"

这本是对三岁五岁的小孩子说的，因为不大会用筷子，弄了满嘴的饭粒的缘故。

别人若问他：

"你儿子呢？"

他就说：

"人家修铁道去啦……"

他的儿子修了铁道，他自己就像在修着铁道一样。是凡来到他家的：卖豆腐的，卖馒头的，收买猪毛的，收买碎铜烂铁的，就连走在前村子边上的不知道哪个村子的小猪倌有一天问他：

"大叔，你儿子听说修了铁道吗？"

陈公公一听，立刻向小猪倌摆着手。

"你站住……你停一下……你等一等，你别忙，你好好听着！人家修了铁道啦……是真的。连号单都有：三百八十一。"

他本来打算还要说，有许多事情必得见人就说，而且要说就说得详细。关于儿子修铁道这件事情，是属于见人就说而要说得详细这一种的。他想要说给小猪倌的，正像他要说给早晨担着担子来到他门口收买碎铜烂铁那个一只眼的一样多。可是小猪倌走过去了，手里打着个小破鞭子。陈公公心里不大愉快。他顺口说了一句：

"你看你那鞭子吧，没有了鞭梢，你还打呢！"

走了好远了，陈公公才听明白，放猪的那孩子唱的正是他在修着铁道的儿子的号码"三百八十一"。

陈公公是一个和善的人，对于一个孩子他不会多生气。不过他觉得孩子终归是孩子。不长成大人，能懂得什么呢？他说给那收买碎铜烂铁的，说给卖豆腐的，他们都好好地听着，而且问来问去。他们真是关于铁道的一点常识也没有。陈公公和那卖豆腐的差不多，等他一问到连陈公公也不大晓得的地方，陈公公就笑起来，用手拔下一棵前些日子被大风吹散下来的房檐的草梢：

"哪儿知道呢！等修铁道的回来讲给咱们听吧！"

比方那卖豆腐的问：

"我说那火车就在铁道上，一天走了千八百里也不停下来喘一口气！真是了不得呀……陈大叔，你说，也就不喘一口气？"

陈公公就大笑着说：

"等修铁道的回来再说吧！"

这问的多么详细呀！多么难以回答呀！因为陈公公也是连火车见也没见过。但是越问得详细，陈公公就越喜欢，他的道理是：

"人非长成人不可，不成人……小孩子有什么用……小孩子一切没有计算！"于是陈公公觉得自己的儿子幸好已经二十多岁；不然，就好比这修铁道的事情吧，若不是他自己有主意，若不是他自己偷着跑去的，这样的事情，一天五角多钱，怎么能有他的份呢？

陈公公也不一定怎样爱钱，只要儿子没有加入义勇军，他就放心了。不但没有加入义勇军，反而拿钱回来，几次他一见到儿子放在他手里的崭新的纸票，他立刻想到三百八十一号。再一想又一定想到那天大风停了的晚上，儿子背回来的那一对野鸡。再一想就是儿子会偷着跑出去，这是多么有主意的事呵。这孩子从小没有离开过他的爹妈。可是这下子他跑了，虽然说是跑得把人吓一跳。可到底跑得对，没有出过门的孩子，就像没有出过飞的麻雀，没有出过洞的耗子。等一出来啦，飞得比大雀还快。

到四月十八，陈姑妈在庙会上所烧的香比哪一年烧的都多。娘娘庙烧了三大子线香，老爷庙也是三大子线香。同时买了些毫无用处的只是看着玩的一些东西。她竟买起假脸来，这是多少年没有买过的啦！她屈着手指一算，已经是十八九年了。儿子四岁那年她给他买过一次。以后再没买过。

陈姑妈从儿子修了铁道以后，表面上没有什么改变，她并不和陈公公一样，好像这小房已经装不下他似的，见人就告诉儿子修了铁道。她刚刚相反，一句话也不说，只是围绕着她的又多了些东西。在柴栏子旁边除了鸡架，又多了个猪栏子，里面养着一对小黑猎。陈姑妈什么都喜欢一对，就因为现在养的小花狗只有一个而没有一对的那件事，使她一休息下来，小狗一在她的腿上擦着时，她就说：

"可惜这小花狗就不能再要到一个。一对也有个伴呵！单个总是孤单单的。"

陈姑妈已经买了一个透明的化学品的肥皂盒。买了一把新剪刀，她每次用那剪刀，都忘不了用手摸摸剪刀。她想：这孩子什么都出息，买东西也会买，是真钢的。六角钱，价钱也好。陈姑妈的东西已经增添了许多，但是那还要不断的增添下去。因为儿子修铁道每天五角多钱。陈姑妈新添的东

西，不是儿子给她买的，就是儿子给她钱她自己买的。从心说她是喜欢儿子买给她东西，可是有时当着东西从儿子的手上接过来时，她却说：

"别再买给你妈这个那个的啦……会赚钱可别学着会花钱……"

陈姑妈的梳子镜子也换了。并不是说那个旧的已经扔掉，而是说新的锃亮的已经站在红躺箱上了。陈姑妈一擦箱盖，擦到镜子旁边，她就发现了一个新的小天地一样。那镜子实在比旧的明亮到不可计算那些倍。

陈公公也说过：

"这镜子简直像个小天河。"

儿子为什么刚一跑出去修铁道，要说谎呢？为什么要说是去打猎呢？关于这个，儿子解释了几回。他说修铁道这事，怕父亲不愿意，他也没有打算久干这事，三天两日的，干干试试。长了，怎么能不告诉父亲呢？可是陈公公放下饭碗说：

"这都不要紧，这都不要紧……到时候了吧？咱们家也没有钟，擦擦汗去吧！"到后来，他对儿子竟催促了起来。

陈公公讨厌的大风又来了，从房顶上，从枯树上来的，从瓜田上来的，从西南大道上来的，而这些都不对，说不定是从哪儿来的。浩浩荡荡的，滚滚旋旋地，使一切都吼叫起来，而那些吼叫又淹灭在大风里。大风包括着种种声音，好像大海包括着海星、海草一样。谁能够先看到海星、海草而还没看到大海？谁能够先听到因大风而起的这个那个的吼叫而还没有听到大风？天空好像一张土黄色的大牛皮，被大风鼓着，荡着，撕着，扯着，来回地拉着。从大地卷起来的一切干燥的，拉杂的，零乱的，都向天空扑去，而后再落下来，落到安静的地方，落到可以避风的墙根，落到坑坑凹凹的不平的地方，而添满了那些不平。所以大地在大风里边被洗得干干净净的，平平坦坦的。而天空则完全相反，混沌了，冒烟了，刮黄天了，天地刚好吹倒转了个儿。人站在那里就要把人吹跑，狗跑着就要把狗吹得站住，使向前的不能向前，使向后的不能退后。小猪在栏子里边不愿意哽叫，而它必须哽叫，孩子唤母亲的声音，母亲应该听到，而她必不能听到。

陈姑妈一推开房门，就被房门带着跑出去了。她把门扇只推一个小缝，就不能控制那房门了。

陈公公说：

"那又算什么呢！不冒烟就不冒烟。拢火就用铁大勺下面片汤，连汤带菜的，吃着又热乎。"

陈姑妈又说：

"柴火也没抱进来，我只以为这风不会越刮越大……抱一抱柴火不等进屋，从怀里都被吹跑啦……"

陈公公说：

"我来抱。"

陈姑妈又说：

"水缸的水也没有了呀……"

陈公公说：

"我去挑，我去挑。"

讨厌的大风要拉去陈公公的帽子，要拔去陈公公的胡子。他从井沿挑到家里的水，被大风吹去了一半。两只水桶，每只剩了半桶水。

　　陈公公讨厌的大风，并不像那次儿子跑了没有回来的那次的那样讨厌。而今天最讨厌大风的像是陈姑妈。所以当陈姑妈发现了大风把屋脊抬起来了的时候，陈公公说：

　　"那算什么……你看我的……"

　　他说着就蹬着房檐下酱缸的边沿上了房。陈公公对大风十分有把握的样子，他从房檐走到房脊去是直着腰走。虽然中间被风压迫着弯过几次腰。

　　陈姑妈把砖头或石块传给陈公公。他用石头或砖头压着房脊上已经飞起来的草。他一边压着一边骂着。乡下人自言自语的习惯，陈公公也有：

　　"你早晚还不得走这条道吗？你和我过不去，你偏要飞，飞吧！看你这几根草我就制服不了你……你看着，你他妈的，我若让你能够从我手里飞走一棵草刺也算你能耐。"

　　陈公公一直吵叫着，好像风越大，他的吵叫也越大。

　　住在前村卖豆腐的老李来了，因为是顶着风，老李跑了满身是汗。他喊着陈公公：

　　"你下来一会，我有点事，我告……告诉你。"

　　陈公公说：

　　"有什么要紧的事，你等一等吧，你看我这房子的房脊，都给大风吹靡啦！若不是我手脚勤俭，这房子住不得，刮风也怕，下雨也怕。"

　　陈公公得意地在房顶上故意地迟延了一会。他还说着：

　　"你先进屋去抽一袋烟……我就来，就来……"

　　卖豆腐的老李把嘴塞在袖口里，大风大得连呼吸都困难了。他在袖口里边招呼着：

"这是要紧的事，陈大叔……陈大叔你快下来吧……"

"什么要紧的事？还有房盖被大风抬走了的事要紧……"

"陈大叔，你下来，我有一句话说……"

"你要说就在那儿说吧！你总是火烧屁股似的……"

老李和陈姑妈走进屋去了。老李仍旧用袖口堵着嘴像在院子里说话一样。陈姑妈靠着炕沿听着李二小子被日本人抓去啦……"

"什么！什么！是么！是么！"陈姑妈的黑眼球向上翻着，要翻到眉毛里去似的。

"我就是来告诉这事……修铁道的抓了三百多……你们那孩子……"

"为着啥事抓的？"

"弄翻了日本人的火车啦！"

陈公公一听说儿子被抓去了，当天的夜里就非向着西南大道上跑不可。那天的风是连夜刮着，前边是黑滚滚的，后边是黑滚滚的；远处是黑滚浪的，近处是黑滚滚的。分不出头上是天，脚下是地；分不出东南西北。陈公公打开了小钱柜，带了所有儿子修铁道赚来的钱。

就是这样黑滚滚的夜，陈公公离开了他的家，离开了他管理的爪田，离开了他的小草房，离开了陈姑妈。他向着西南大道向着儿子的方向，他向着连他自己也辨不清的远方跑去，他好像发疯了，他的胡子，他的小袄，他的四耳帽子的耳朵，他都用手扯着它们。他好像一只野兽，大风要撕裂了他，他也要撕裂了大风。陈公公在前边跑着，陈姑妈在后面喊着：

旷野的呼喊·小城三月

"你回来吧！你回来吧！你没有了儿子，你不能活。你也跑了，剩下我一个人，我可怎么活……"

大风浩浩荡荡的，把陈姑妈的话卷走了，好像卷着一根毛草一样，不知卷向什么地方去了。

陈公公倒下来了。

第一次他倒下来，是倒在一棵大树的旁边。他第二次倒下来，是倒在什么也没有存在的空空敞敞、平平坦坦的地方。

现在是第三次，人实在不能再走了，他倒下了，倒在大道上。

他的膝盖流着血，有几处都擦破了肉，四耳帽子跑丢了。眼睛的周遭全是在翻花。全身都在痉挛、抖擞，血液停止了。鼻子流着清冷的鼻涕，眼睛流着眼泪，两腿转着筋，他的小袄被树枝撕破，裤子扯了半尺长一条大口子，尘土和风就都从这里向里灌，全身马上僵冷了。他狠命地一喘气，心窝一热，便倒下去了。

等他再重新爬起来，他仍旧向旷野里跑去。他凶狂地呼喊着，连他自己都不知道叫的是什么。风在四周捆绑着他，风在大道上毫无倦意地吹啸，树在摇摆，连根拔起来，摔在路旁。地平线在混沌里完全消融，风便做了一切的主宰。

二八年一月卅日

逃难

这火车可怎能上去？要带东西是不可能。就单人说吧，也得从下边用人抬。

何南生在抗战之前做小学教员，他从南京逃难到陕西，遇到一个朋友是做中学校长的，于是他就做了中学教员。做中学教员这回事先不提。就单说何南生这面貌，一看上去真使你替他发愁。两个眼睛非常光亮而又时时在留神，凡是别人要看的东西，他却躲避着，而别人不要看的东西，他却偷看着。他还没开口说话，他的嘴先向四边咧着，几乎把嘴咧成一个火柴盒形，那样子使人疑心他吃了黄连。除了这之外，他的脸上还有点特别的地方，就是下眼睑之下那两块豆腐块样突起的方形筋肉，不管他在说话的时候，在笑的时候，在发愁的时候，那两块筋肉永久不会运动。就连他最好的好朋友，不用说，就连他的太太吧！也从没有看到他那两块砖头似的筋肉运动过。

"这是干什么……这些人。我说，中国人若有出息真他妈

的……"

何南生一向反对中国人，就好像他自己不是中国人似的。抗战之前反对得更厉害，抗战之后稍稍好了一点，不过有时候仍旧来了他的老毛病。

什么是他的老毛病呢？就是他本身将要发生点困难的事情，也许这事情不一定发生。只要他一想到关于他本身的一点不痛快的事，他就对全世界怀着不满。好比他的袜子晚上脱的时候掉在地板，差一点没给耗子咬了一个洞，又好比临走下讲台的当儿，一脚踏在一支粉笔头上，粉笔头一滚，好险没有跌了一跤。总之，危险的事情若没有发生就过去了，他就越感到那危险得了不得，所以他的嘴上除掉常常说中国人怎样怎样之外，还有一句常说的就是："到那时候可怎么办哪……"

他一回头，又看到了那塞满着人的好像鸭笼似的火车。

"到那时候可怎么办哪？"现在他所说的到那时候可怎么办，是指着到他们逃难的时候可怎么办。

何南生和他的太太送走了一个同事，还没有离开站台，他就开始不满意。他的眼睛离开那火车第一眼看到他的太太，就觉得自己的太太胖得像笨猪，这在逃难的时候多麻烦。

"看吧，到那时候可怎么办！"他心里想着："再胖点就是一辆火车都要装不下啦！"可是他并没有说。

他又想到，还有两个孩子，还有一只柳条箱，一只猪皮箱，一个网篮。三床被子也得都带着……网篮里边还能装得下两个白铁锅。到哪里还不是得烧饭呢！逃难，逃到哪里还不是得先吃饭呢！不用说逃难，就说抗战吧。我看天天说抗战的逃起难来比谁都来得快，而且带着孩子老婆锅碗瓢盆一大堆。

在路上他走在他太太的前边，因为他心里一烦乱，就什么也不愿意看。他的脖子向前探着，两个肩头低落下来，两只胳臂就像用稻草做的似的，一路上连手指尖都没有弹一下。若不是看到他的两只脚还在一前一后的移进着，真要相信他是画匠铺里的纸彩人了。

这几天来何南生就替他们的家庭忧着心，而忧心得最厉害的就是从他送走那个同事，那快要压瘫人的火车的印象总不能去掉。可是也难说，就是不逃难，不抗战，什么事也没有的时候，他也总是胆战心惊的。这一抗战，他就觉得个人的幸福算完全不用希望了，他就开始做着倒霉的准备。倒霉也要准备的吗？读者们可不要稀奇！现在何南生就要做给我们看了：一九三八年三月十五日，何南生从床上起来了，第一眼他看到的，就是墙上他已准备好的日历。

"对的，是今天，今天是十五……"

一夜他没有好好睡，凡是他能够想起的，他就一件一件的无管大事小事都把它想一遍，一直听到了潼关的炮声。

敌人占了风陵渡和我们隔河炮战已经好几天了。这炮声夜里就停息，天一亮就开始。本来这炮声也没有什么可怕的。何南生也不怕，虽然他教书的那个学校离潼关几十里路。照理应该害怕，可是因为他的东西都通通整理好了，就要走了，还管他炮战不炮战呢！

他第二眼看到的就是他太太给他摆在枕头旁边的一双袜子。

"这是干什么？这是逃难哪……不是上任去呀……你知道现在袜子多少钱一双……"他喊着他的太太："快把旧袜子给我拿来！把这新袜子给我放起来。"

他把脚尖伸进拖鞋里去，没有看见破袜子破到什么程度，那露在后边的脚跟，他太太一看到就咧起嘴来。

"你笑什么，你笑！这有什么好笑的……还不快给孩子穿衣裳。天不早啦……上火车比登天还难，那天你还没看见。袜子破有什么好笑的，你没看到前线上的士兵呢！都光着脚。"这样说，好像他看见了，其实他也没看见。

十一点钟还有他的一点钟历史课，他没有去上，两点钟他要上车站。

他吃午饭的时候，一会看看钟，一会揩揩汗。心里一着急，所以他就出汗。学生问他几点钟开车，他就说："六点一班车，八点还有一班车。我是预备六点的，现在的事难说，要早去，而况我是带着他们……"他所说的"他们"，是指的孩子、老婆和箱子。

因为他是学生们组织的抗战救国团的指导，临走之前还得给学生们讲几句话。他讲的什么，他没有准备，他一开头就说，他说他三五天就回来，其实他是一去就不回来的。最后一句说的是最后的胜利是我们的……其余的他说，他与陕西共存亡，他绝不逃难。

何南生的一家，在五点二十分钟的时候，算是全未到了车站：太太、孩子——一个男孩、一个女孩、一个柳条箱、一个猪皮箱、一只网篮、三个行李包。为什么行李包这样多呢？因为他把雨伞、字纸篓、旧报纸都用一条破被子裹着，算作一件行李；又把抗战救国团所发的棉制服，还有一双破棉鞋，又有一条被子包着，这又是一个行李；那第三个行李，一条被子，那里边包的东西可非常多：电灯泡、粉笔箱、羊毛刷子、扫床的扫帚、破揩布两三块、洋蜡头一大堆、算盘子一个、细铁丝两丈多，还有一团白线，还有肥皂盒盖一个，剩下又都是旧报纸。

只旧报纸他就带了五十多斤。他说到哪里还不得烧饭呢？还不得吃呢？而点火还有比报纸再好的吗？这逃难的时候，能俭省就俭省，肚子不饿就行了。

除掉这三个行李，网篮也最丰富：白铁锅、黑瓦罐、空饼干盒子、挂西装的弓形的木架、洗衣裳时挂衣裳的绳子，还有一个掉了半个边的陕西土产的痰盂、还有一张小油布，是他那个两岁的女孩夜里铺在床上怕尿了褥子用的，还有两个破洗脸盆。一个洗脸的一个洗脚的。还有油鸟的筷子笼一个，切菜刀一把，筷子一大堆，吃饭的饭碗三十多个，切菜墩和饭碗是一个朋友走留给他的。他说：逃难的时候，东西只有越逃越少，是不会越逃越多的。若可能就多带些个，没有错，丢了这个还有那个，就是扔也能够多扔几天呀！还有好几条破裤子都在网篮的底上，这个他也有准备。

他太太在装网篮的时候问他："这破裤子要它做什么呢？"

他说："你看你，万事没有打算，若有到难民所去的那一天，这个不都是好的吗？"

所以何南生这一家人，在他领导之下，五点二十分钟才全体到了车站，差一点没有赶上火车火车六点开。

何南生一边流着汗珠，一边觉得这回可万事齐全了。他

的心上有八分乐，他再也想不起什么要拿而没有拿的。因为他已经跑回去三次。第一次取了一个花瓶，第二次又在灯头上拧下一个灯伞来，第三次他又取了忘记在灶台上的半盒刀牌烟。

火车站离他家很近，他回头看看那前些日子还是白的，为着怕飞机昨天才染成灰包的小房。他点起一支烟来，在站台上来回地喷着，反正就等火车来，就等这一下了。

"到那时候可怎么办哪！"照理他正该说这一句话的时候。站台上不知堆了多少箱子、包裹，还有那么一大批流着血的伤兵，还有那么一大堆吵叫着的难民。这都是要上六点钟开往西安的火车。但何南生的习惯不是这样，凡事一开头，他最害怕。总之一开头他就绝望，等到事情真来了，或是越来越近了，或是就在眼前，一到这时候，你看他就安闲得多。

火车就要来了，站台上的大钟已经五点四十一分。

他又把他所有东西看了一遍，一共是大小六件，外加热水瓶一个。

"实在没有什么东西忘记了吧！你再好好想想！"他问他的太太说。

他的女孩跌了一跤，正在哭着，他太太就用手给那孩子抹鼻涕："哟！我的小手帕忘下了呀！今天早晨洗的，就挂在绳子上。我想着想着，说可别忘了，可是到底忘了，我觉得还有点什么东西，有点什么东西，可就想不起来。"

何南生早就离开太太往回跑了。

"怎么能够丢呢？你知道现在的手帕多少钱一条？"他就用那手帕揩着脸上的汗，"这逃难的时候，我没说过吗！东西少了可得节约，添不起。"

他刚喘上一口气来，他用手一摸口袋，早晨那双没有舍得穿的新袜子又没有了。

"这是丢在什么地方啦？她妈的……火车就要到啦……三四毛钱，又算白扔啦！"

火车误了点，六点五分钟还没到，他就趁这机会又跑回去一趟。袜子果然找到了，托在他的掌心上，他正在研究着袜子上的花纹。他听他的太太说："你的眼镜呀……"

可不是，他一摸眼镜又没有了。本来他也不近视，也许为了好看，他戴眼镜。

他正想回去找眼镜，这时候，火车到了。

他提起箱子来，向车门奔去。他挤了半天没有挤进去。他看别人都比他来得快，也许别人的东西轻些。自己不是最先奔到车门口的吗？怎么不上去，却让别人上去了呢？大概过了十分钟，他的箱子和他仍旧站在车厢外边。

"中国人真他妈的……真是天生中国人。"他的帽子被挤下去时，他这样骂着。

火车开出去好远了，何南生的全家仍旧完完全全地留在站台上。

"他妈的，中国人要逃不要命，还抗战呢！不如说逃战吧！"他说完了"逃战"，还四边看一看，这车站上是否有自己的学生或熟人。他一看没有，于是又抖着他那被撕裂的长衫："这还行，这还没有见个敌人的影，就吓没魂啦！要挤死啦！好像屁股后边有大炮轰着。"

八点钟的那次开往西安的列车进站了，何南生又率领着

他的全家向车厢冲去。女人叫着，孩子哭着，箱子和网篮又挤得吱嘎的乱响。何南生恍恍惚惚地觉得自己是跌倒了，等他站起来，他的鼻子早就流了不少的血，血染着长衫的前胸。他太太报告说，他们只有一只猪皮箱子在人们的头顶上被挤进了车厢去。

"那里装的都是什么东西？"他着急，所以连那猪皮箱子装的什么东西都弄不清了。

"你还不知道吗？不都是你的衣裳？你的西装……"

他一听这个还了得！他就向着他太太所指的那个车厢寻去。火车就开了。起初开得很慢，他还跟着跑，他还招呼着，而后只得安然地退下来。

他的全家仍旧留在站台上，和别的那些没有上得车的人们留在一起。只是他的猪皮箱子自己跑上火车去走了。

"走不了，走不了，谁让你带这些破东西呢？我看……"太太说。

"不带，不带，什么也不带……到那时候可怎么办哪！"

"让你带吧！我看你现在还带什么！"

猪皮箱不跟着主人而自己跑了。饱满的网篮在枕木旁边裂着肚子，小白铁锅瘪得非常可怜。若不是它的主人，就不能认识它了。而那个黑瓦罐竟碎成一片一片的。三个行李只剩下一个完整的，他们的两个孩子正坐在那上面休息。其余的一个行李不见了，另一个被撕裂了。那些旧报纸在站台上飞，柳条箱也不见了。记不清是别人给拿去了，还是他们自己抬上车去了。

等到第三次开往西安的火车，何南生的全家总算全上去了。到了西安一下火车，先到他们的朋友家。

"你们来了呵！都很好！车上没有挤着？"

"没有，没有，就是丢点东西……还好，还好，人总算平安。"何南生的下眼睑之下的那两块不会运动的筋肉，仍旧没有运动。

"到那时候……"他又想要说到那时候可怎么办。没有说，他想算了吧！抗战胜利之前，什么能是自己的呢？抗战胜利之后什么不都有了吗？

何南生平静的把那一路上抢来的热水瓶放在了桌子上。

旷野的呼喊·小城三月

山下

清早起，嘉陵江边上的风是凉爽的，带着甜味的朝阳的光辉凉爽得可以摸到的微黄的纸片似的，混着朝露向这个四围都是山而中间这三个小镇蒙下来。

从重庆来的汽船，五颜六色的，好像一只大的花花绿绿的饱满的包裹，慢慢吞吞地从水上就拥下来了。林姑娘看到，其实她不用看，她一听到那咣咣咣的响声，就喊着她母亲："奶妈，洋船来啦……"她拍着手，她的微笑是甜蜜的，充满着温暖和爱抚。

她是从母亲旁边单独地接受着母亲整个所有的爱而长起来的，她没有姐妹或兄弟，只有一个哥哥，是从别处讨来的，所以不算是兄弟，她的父亲整年不在家，就是顺着这条江坐木船下去，多半天工夫可以到的那么远的一个镇上去做窑工。林姑娘偶然在过节或过年看到父亲回来，还带羞的和见到生人似的，躲到一边去。母亲嘴里的呼唤，从来不呼唤另外的名字，一开口就是林姑娘，再一开口又是林姑娘。母亲的左腿，在儿时受了毛病的，所以她走起路来，永远要用一只手托着膝盖。哪怕她洗了衣裳，要想晒在竹杆上，也要喊林姑娘。因为母亲虽然有两只手，其实就和一只手一样。一只手虽然把竹杆子举到房檐那么高，但结在房檐上的那个棕绳的圈套，若不再用一只手拿住它。那就大半天功夫套不进去。等林姑娘一跑到跟前，那一长串衣裳，立刻在房檐下晒着太阳了。母亲烧柴时是坐在一个一尺高的小板凳上。因为是坐着，她的左腿任意可以不必管它，所以她这时候是两只手了。左手拿柴，右手拿着火剪子，她烧的通红的脸。小女孩用不到帮她的忙，就到门前去看那从重庆开来的汽船。

那船沉重得可怕了，歪歪着走，机器轰隆轰隆的响，而且船尾巴上冒着那么黑的烟。

"奶妈，洋船来啦。"

她站在门口喊着她的母亲，她甜蜜地对着那汽船微笑，她拍着手，她想要往前跑几步，可是母亲在这时候又在喊着林姑娘。

锅里的水已经烧得翻滚了，母亲招呼她把那盛着麦粉的小泥盆递给她。其实母亲并不是绝对不能用一只手把那小盆拿到锅台上去。因为林姑娘是非常乖的孩子，母亲爱她，她也爱母亲，是凡母亲招呼她时，她没有不听从的。虽然她没能详细地看一看那汽船，她仍是满脸带着笑容，把小泥盆交到母亲手里。她还问母亲：

"要不要别个啦，还要啥子呀？"

那洋船也没有什么好看的，从城中大轰炸时起，天天还不是把洋船载得满满的，和胖得翻不过身来的小猪似的载了

一个多月。开初那是多么惊人呀，就连跛腿的妈妈，有时也左手按着那脱了筋的膝盖，右手抓着女儿的肩膀，也一拐一拐地往江边上跑。跑着去看那听说是完全载着下江人的汽船。

传说那下江人（四川以东的，他们皆谓之下江）和他们不同，吃得好，穿得好，钱多得很。包裹和行李就更多，因此这船才挤得风雨不透。又听说下江人到哪里，先把房子刷上石灰，黑洞洞的屋子，他们说他们一天也不能住。若是有用人，无缘无故的，就赏钱。三角五角的，一块八角的，都不算什么。听说就隔着一道江的对面……也不是有一个姓什么的，今天给那雇来的婆婆两角钱，说让她买一个草帽戴；明天又给一吊钱，说让她买一双草鞋，下雨天好穿。下江人，这就是下江人哪……站在江边上的，无管谁，林姑娘的妈妈，或是林姑娘的邻居，若一看到汽船来，就都一边指着一边儿喊着。

清早起林姑娘提着篮子，赤着脚走在江边清凉的沙滩上。洋船在这么早，一只也不会来的，就连过河的板船也没有几只。推船的孩子睡在船板上，睡得那么香甜，还把两只手从头顶伸出垂到船外边去，那手像要在水里抓点什么似的，而那每天在水里洗得很干净的小脚，只在脚掌上染着点沙土。那脚在梦中偶而擦着船板一两下。

过河的人很稀少，好久好久没有一个，板船是左等也不开，右等也不开。有的人看着另外的一只船也上了客人，他就跳到那只船上，他以为那只船或者会先开。谁知这样一来，两只船就都不能开了。两只船都弄得人数不够，撑船的人看看老远的江堤上走下一个人，他们对着那人大声地喊起："过河……过河……"

同时每个船客也都把眼睛放在江堤上。

林姑娘就在这冷清的早晨，不是到河上来担水，就是到河上来洗衣裳。她把要洗的衣裳从提兜里取出来，摊在清清凉凉的透明的水里，江水冰凉地带着甜味舐着林姑娘的小黑手。她的衣裳鼓涨得鱼泡似的浮在她的手边，她把两只脚也放在水里，她寻一块很干净的石头坐在上面。这江平得没有一个波浪。林姑娘一低头，水里还有一个林姑娘。

这江静得除了撑船的人喊着过河的声音，就连对岸这三个市镇中最大的一个也还在睡觉呢。

打铁的声音没有，修房子的声音没有，或者一四七赶场的闹嚷嚷的声音，一切都听不到。在那江对面的大沙滩坡上，一漫平的是沙灰色，干净得连一个黑点或一个白点都不存在。偶而发现那沙滩上走着一个人，那就只和小蚂蚁似的渺小得十分可怜了。

好像翻过这四周的无论哪一个山去，也不见得会有人家似的，又像除了这三个小镇，而世界也没有什么别的东西了。

这条江经过这三镇，是从西往东流，看起来没有多远。好像十丈八丈外（其实是四五里之外）这江就转弯了。

林姑娘住的这东阳镇在三个镇中最没有名气，是和××镇对面，和××镇站在一条线上。

这江转弯的地方黑虎虎的是两个山的夹缝。

林姑娘顺着这江，看一看上游，又看一看下游，又低头去洗她的衣裳。她洗衣裳时不用肥皂，也不用四川土产的皂荚。她就和玩似的把衣裳放在水里而后用手牵着一个角，仿

旷野的呼喊·小城三月

佛在牵着一条活的东西似的，从左边游到右边，又从右边游到左边。母亲选了顶容易洗的东西才叫她到河边来洗，所以她很悠闲。她有意把衣裳按到水底去，满衣都擦满了黄宁宁的沙子，她觉得这很好玩，这多有意思呵！她又微笑着赶快把那沙子洗掉了，她又把手伸到水底去，抓起一把沙子来，丢到水面上，水上立刻起了不少的圆圈。这小圆圈一个压着一个，彼此互相地乱六八糟地切着，很快就抖擞着破坏了，水面又归于原来那样平静。她又抬起头来向上游看看，向下游看看。

下游江水就在两山夹缝中转弯了，而上游比较开放，白亮亮的，一看看到很远。但是就在她的旁边，有一串横在江中好像大桥似的大石头，水流到这石头旁边，就翻江似的搅混着。在涨水时江水一流到此地就哇哇的响叫。因为是落了水，那石头记的水上标尺的记号，一个白圈一个白圈的，从石头的顶高处排到水里去，在高处的白圈白得十分漂亮。在低处的，常常受着江水的洗淹，发灰了，看不清了。

林姑娘要回去了，那筐子比提来时重了好几倍，所以她歪着身子走，她的发辫的梢头，一摇一摇的，跟她的筐子总是一个方向。她走过那块大石板石，筐子里衣裳流下来的水，滴了不少水点在大石板上。石板的石缝里是前两天涨水带来的小白鱼，已经死在石缝当中了。她放下筐子，伸手去触它。看看是死了的，拿起筐子来她又走了。

她已走上江堤去了，而那大石板上仍旧留着林姑娘长形提筐的印子，可见清早的风是多么凉快，竟连个小印一时也吹扫不去。

林姑娘的脚掌，踏着冰凉的沙子走上高坡了。经过小镇上的一段石板路，经过江岸边一段包谷林，太阳仍旧稀薄的微弱的向这山中的小镇照着。

林姑娘离家门很远便喊着："奶妈，晒衣裳啦。"

奶妈一拐一跛地站到门口等着她。

隔壁王家那丫头比林姑娘高，比林姑娘大两三岁。她招呼着她，她说她要下河去洗被单，请林姑娘陪着她一道去。她问了奶妈一声，就跟着一道又来了。这回是那王丫头领头跑得飞快，一边跑一边笑，致使林姑娘的母亲问她给下江人洗被单多少钱一张，她都没有听到。

河边上有一只板船正要下水，不少的人在推着，呼喊着；而那只船在一阵大喊之后，向前走了一点点。等一接近着水，人们一阵狂喊，船就滑下水去了。连看热闹的人也都欢喜地说："下水了，下水了。"

林姑娘她们正走在河边上，她们也拍着手笑了。她们飞跑起来，沿着那前天才退了水，被水洗劫出来的大崖坡跑去了。一边跑着一边模仿着船走，用宽宏的嗓子喊起来："过河……过河……"

王丫头弯下腰，捡了个圆石子，抛到河心去。林姑娘也同样抛了一个。

林姑娘悠闲地快活地，无所挂碍地在江边上用沙子洗着脚，用淡金色的阳光洗着头发。呼吸着露珠的新鲜空气。远山蓝蓝绿绿地躺着。近处的山带微黄的绿色，可以看得出哪一块是种的田，哪一块长的黄桷树。等林姑娘回到家里，母亲早在锅里煮好了麦粑，在等着她。

林姑娘和她母亲的生活，安闲、平静、简单。

麦粑是用整个的麦子连皮也不去磨成粉，用水搅一搅，就放在开水的锅里来煮，不用胡椒、花椒，也不用葱。也不用姜，不用猪油或菜油，连盐也不用。

林姑娘端起碗来吃了一口，吃到一种甜丝丝的香味。母亲说："你吃饱吧，盆里还有呢！"

母亲拿了一个带着缺口的蓝花碗，放在灶边上，一只手按住左腿的膝盖，一只手拿了那已经用了好几年的掉了尾巴的木瓢儿，为自己装了一碗。她的腿拐拉拐拉地向床边走，那手上的麦粑汤顺着蓝花碗的缺口往下滴流着。她刚一挨到炕沿，就告诉林姑娘：

"昨天儿王丫头，一个下半天儿就割了陇多（那样多）柴，那山上不晓得好多呀！等一下吃了饭啦，你也背着背兜去喊王丫头一道……"

她们的烧柴，就烧山上的野草，买起来一吊钱二十五把，一个月烧两角钱的柴。可是两角钱也不能烧，都是林姑娘到山上去自己采。母亲把它在门前晒干，打好了把子藏在屋里。她们住的是一个没有窗子，下雨天就滴水的六尺宽一丈长的黑屋子。三块钱一年的房租，沿着壁根有一串串的老鼠的洞，地土是黑粘的，房顶露着蓝天不知多少处。从亲戚那里借来一个大碗橱，这只碗橱老得不堪再老了。横格子，竖架子，通通掉落了。但是过去这碗橱一看就是个很结实的。现在只在柜的底层摆着一个盛水盆子。林姑娘的母亲连水缸也没有买，水盆上也没有盖儿，任意着虫子或是蜘蛛在上边乱爬。想用水时，必得先用指甲把浮在水上淹死的小虫挑出去。

当邻居说布匹贵得怎样厉害，买不得了，林姑娘的母亲也说，她就因为盐巴贵，也没有买盐巴。

但这都是十天以前的事了。现在林姑娘晚饭和中饭，都吃的是白米饭，肉丝炒杂菜，鸡丝豌豆汤。虽然还有几样不认识的，但那滋味是特别香。已经有好几天了，那跛脚的母亲也没有在灶口烧一根柴火了，自己什么也没浪费过，完全是现成的。这是多么幸福的生活。林姑娘和母亲不但没有吃过这样的饭，就连见也不常见过。不但林姑娘和母亲这样，就连邻居们也没看见过这样经常吃着的繁荣的饭，所以都非常惊奇。

刘二妹一早起来，毛着头就跑过来问长问短。刘二妹的母亲拿起饭勺子就在林姑娘刚刚端过来的稀饭上搅了两下，好像要查看一下林姑娘吃的稀饭，是不是那米里还夹着沙子似的。午饭王丫头的祖母也过来了，林姑娘的母亲很客气地让着他们，请她吃点，反正娘儿两个也吃不了的。说着她就把菜碗倒出来一个，就用碗插进饭盆装了一碗饭来，就往王太婆的怀里推。王太婆起初还不肯吃，过了半天才把碗接了过来。她点着头，她又摇着头。她老得连眼眉都白了。她说："要得么！"

王丫头也在林姑娘这边吃过饭。有的时候，饭剩下来，林姑娘就端着饭送给王丫头去。中饭吃不完，晚饭又来了；晚饭剩了一大碗在那里，早饭又来了。这些饭，过夜就酸了。虽然酸了，开初几天，母亲还是可惜，也就把酸饭吃下去了。林姑娘和她母亲都是不常见到米粒的，大半的日子，都是吃麦粑。

林姑娘到河边也不是从前那样悠闲的样子了，她慌慌张张的，脚步走得比从前快，水桶时时有水翻撒出来。王丫头在半路上喊她，她简直不愿意搭理她了。王丫头在门口买了两个小鸭，她喊着让林姑娘来看，林姑娘也没有来。林姑娘并不是帮了下江人就傲慢了，谁也不理了。其实她觉得她自己实在是忙得很。本来那下江人并没有许多事情好做，只是扫一扫地，偶而让她到东阳镇上去买一点如火柴、灯油之类。再就是每天到那小镇上去取三次饭。因为是在饭馆里边包的伙食。再就是把要洗的衣裳拿给她奶妈洗了再送回来，再就是把剩下的饭端到家里去。

但是过了两个钟点，她就自动地来问问："有事没有？没有事我回去啦。"

这生活虽然是幸福的，刚一开初还觉得不十分固定，好像不这么生活，仍回到原来的生活也是一样的。母亲一天到晚连一根柴也不烧，还觉得没有依靠，总觉得有些寂寞。到晚上她总是拢起火来，烧一点开水，一方面也让林姑娘洗一洗脚，一方面也留下一点开水来喝。有的时候，她竟多余的把端回来的饭菜又都重热一遍。夏天为什么必得吃滚热的饭呢？就是因为生活忽然想也想不到的就单纯起来，使她反而起了一种没有依靠的感觉。

这生活一直过了半个月，林姑娘的母亲才算熟悉下来。

可是在林姑娘，这时候，已经开始有点骄傲了。她在一群小同伴之中，只有她一个月可以拿到四块钱。连母亲也是吃她的饭。而那一群孩子，飞三、小李、二牛、刘二妹，……还不仍旧去到山上打柴去。就连那王丫头，已经十五岁了，也不过只给下江人洗一洗衣裳，一个月还不到一块钱，还没有饭吃。

因此林姑娘受了大家的忌妒了。

她发了疟疾不能下河去担水，想找王丫头替她担一担。王丫头却坚决地站在房檐下，鼓着嘴无论如何她不肯。

王丫头白眼眉的祖母，从房檐头取下晒衣服的杆子来吓着要打她。可是到底她不担，她扯起衣襟来，抬起她的大脚就跑了。那白头发的老太婆急得不得了，回到屋里跟她的儿媳妇说：

"陇格多的饭，你没有吃到！二天林婆婆送过饭来，你不张嘴吃吗？"

王丫头顺着包谷林跑下去了，一边跑着还一边回头张着嘴大笑。

林姑娘睡在帐子里边，正是冷得发抖，牙齿碰着牙齿，她喊她的奶妈。奶妈没有听到，只看着那连跑带笑的王丫头。她感到点羞，于是也就按着那拐脚的膝盖，走回屋来了。

林姑娘这一病，病了五六天。她自己躺在床上十分上火。

她的妈妈东家去找药，西家去问药方。她的热度一来时，她就在床上翻滚着，她几乎是发昏了。但奶妈一从外边回来，她第一声告诉她奶妈的就是。

"奶妈，你到先生家里去看看……是不是喊我？"

奶妈坐在她旁边，拿起她的手来：

"林姑娘，陇格热哟，你喝口水，把这药吃到，吃到就好啦。"

林姑娘把药碗推开了。母亲又端到她嘴上，她就把药推

撒了。

"奶妈，你去看看先生，先生喊我不喊我。"

林姑娘比母亲更像个大人了。

而母亲只有这一次对于疟疾非常忌恨。从前她总是说，打摆子，哪个娃儿不打摆子呢？这不算好大事。所以林姑娘一发热冷，母亲就说，打摆子是这样的。说完了她再不说别的了。并不说这孩子多么可怜哪，或是体贴地在她旁边多坐一会。冷和热都是当然的。林姑娘有时一边喊着奶妈一边哭。母亲听了也并不十分感动。她觉得奶妈有什么办法呢？但是这一次病，与以前许多次，或是几十次都不同了。母亲忌恨这疟疾比忌恨别的一切的病都甚。她有一个观念，她觉得非把这顽强东西给扫除不可。怎样能呢，一点点年纪就发这个病，可得发到什么时候为止呢？发了这病人是多么受罪呵！这样折磨使娃儿多么可怜。

小唇儿烧得发黑，两个眼睛烧得通红，小手滚烫滚烫的。

母亲试想用她的两臂救助这可怜的娃儿，她东边去找药，西边去找偏方。她流着汗。她的腿开初感到沉重，到后来就痛起来了，并且在膝盖那早年跌转了筋的地方，又开始发炎。这腿三十年就总是这样。一累了就发炎的，一发炎就用红花之类混着白酒涂在腿上。可是这次，她不去涂它。

她把女儿的价值抬高了，高到高过了一切，只不过下意识地把自己的腿不当做怎样值钱了。无形中母亲把林姑娘看成是最优秀的孩子了，是最不可损害的了。所以当她到别人家去讨药时，人家若一问她谁吃呢？她就站在人家门口，她开始详细地解说。是她的娃儿害了病，打摆子，打得多可怜，嘴都烧黑了呢，眼睛都烧红了呢！

她一点也不提是因为她女儿给下江人帮了工，怕是生病人家辞退了她。但在她的梦中，她梦到过两次，都是那下江人辞了她的女儿了。

母亲早晨一醒来，更着急了。于是又出去找药，又要随时到那下江人的门口去看。

那糊着白纱的窗子，从外边往里看，是什么也看不见。她想要敲一敲门，不知为什么又不敢动手；想要喊一声，又怕惊动了人家。于是她把眼睛触到那纱窗上，她企图从那细密的纱缝中间看到里边的人是睡了还是醒着。若是醒着，她就敲门进去；若睡着，好转身回来。

她把两只手按着窗纱，眼睛黑洞洞的塞在手掌中间。她还没能看到里边，可是里边先看到她了。里边立刻喊着：

"干什么的，去……"

这突然的袭来，把她吓得一闪就闪开了。

主人一看还是她，问她："林姑娘好了没有……"

听到这里她知道这算完了，一定要辞她的女儿了。她没有细听下去，她就赶忙说：

"是……是陇格的，……好了点啦，先生们要喊她，下半天就来啦……"

过了一会她才明白了，先生说的是若没有好，想要向××学校的医药处去弄两粒金鸡纳霜来。

于是她开颜地笑了：

"还不好，人烧得滚烫，那个金鸡纳霜，前次去找了两颗，吃到就断到啦。先生去找，谢谢先生。"

她临去时还说，人还不好，人还不好的……

等走在小薄荷田里，她才后悔方才不该把病得那样厉害也说出来。可是不说又怕先生不给找那个金鸡纳霜来。她烦恼了一阵。又一想，说了也就算了。

她一抬头，看见了王丫头飞着大脚从屋里跑出来，那粗壮的手臂腿子，她看了十分羡慕。林姑娘若也像王丫头似的，就这么说吧，王丫头就是自己的女儿吧……那么一个月四块，说不定五块洋钱好赚到手哩。

王丫头在她感觉上起了一种亲切的情绪，真像看到了自己的女儿似的，她想喊她一声。

但前天求她担水她不担，那带着侮辱的狂笑，她立刻记起了。

于是她没有喊她。就在薄荷田中，她拐拉拐拉地向她自己的房子走去了。

林姑娘病了十天就好了，这次发疟疾给她的焦急超过所有她生病的苦楚。但一好了，那特有的，新鲜的感觉也是每次生病所领料不到的，她看到什么都是新鲜的。竹林里的竹子，山上的野草，还有包谷林里那刚刚冒缨的包谷。那缨穗有的淡黄色，有的微红，一大座粗亮的丝线似的，一个个独立地卷卷着。林姑娘用手指尖去摸一摸它，用嘴向着它吹一口气。她看见了她的小朋友，她就甜蜜蜜的微笑。好像她心里头有不知多少的快乐，这快乐是秘密的，并不说出来，只有在嘴角的微笑里可以体会得到。她觉得走起路来，连自己的腿也有无限的轻捷。她的女主人给她买了一个大草帽，还说过两天买一件麻布衣料给她。

她天天来回地跑着，从她家到她主人的家，只半里路的一半那么远。这距离的中间种着薄荷田。在她跑来跑去时，她无意地用脚尖踢着薄荷叶，偶而也弯下腰来，扯下一枚薄荷叶咬在嘴里。薄荷的气味，小孩子是不大喜欢的，她赶快吐了出来。可是风一吹，嘴里仍旧冒着凉风。她的小朋友们开初对她都怀着敌意，到后来看看她是不可动摇的了，于是也就上赶着和她谈话。说那下江人，就是林姑娘的主人，穿的是什么花条子衣服。那衣服林姑娘也没有见过，也叫不上名来。那是什么料子？也不是绸子的，也不是缎子的，当然一定也不是布的。

她们谈着没有结果地纷争了起来。最后还是别个让了林姑娘，别人一声不响地让林姑娘自己说。

开初那王丫头每天早晨和林姑娘吵架。天刚一亮，林姑娘从先生那里扫地回来，她们两个就在门前连吵带骂的，结果大半都是林姑娘哭着跑进屋去。而现在这不同了，王丫头走到那下江人门口，正碰到林姑娘在那里洗着那么白白的茶杯。她就问她：

"林姑娘，你的……你先生买给你的草帽怎么不戴起？"

林姑娘说：

"我不戴，我留着赶场戴。"

王丫头一看她脚上穿的新草鞋，她又问她：

"新草鞋，也是你先生买给你的吗？"

"不是，"林姑娘鼓着嘴，全然否认的样子，"不是，是先生给钱我自己去买的。"

林姑娘一边说着还一边得意地歪着嘴。

王丫头寂寞地绕了一个圈就走开了。

别的孩子也常常跟在后边了，有时竟帮起她的忙来，帮她下河去抬水，抬回来还帮她把主人的水缸洗得干干净净的。但林姑娘有时还多少加一点批判。她说：

"这样怎可以呢？也不揩净，这沙泥多脏。"她拿起揩布来，自己亲手把缸底揩了一遍。林姑娘会讲下江话了，东西打"乱"了，她随着下江人说打"破"了。她母亲给她梳头时，拉着她的小辫发就说："林姑娘，有多乖，她懂得陇多下江话哩。"

邻居对她，也都慢慢尊敬起来了，把她看成所有孩子中的模范。

她母亲也不像从前那样随时随地喊她做这样做那样，母亲喊她担水来洗衣裳，她说：

"我没得空，等一下吧。"

她看看她先生家没有灯碗，她就把灯碗答应送给她先生了，没有通过她母亲。

俨俨乎她家里，她就是小主人了。

母亲坐在那里不用动，就可以吃三餐饭。她去赶场，很多东西从前没有留心过，而现在都看在眼睛里了，同时也问了问价目。

下个月林姑娘的四块工钱，一定要给她做一件白短衫，林姑娘好几年就没有做一件衣裳了。

她一打听，实在贵，去年六分钱一尺的布，一张嘴就要一角七分。

她又问一下那大红的头绳好多钱一尺。

林姑娘的头绳也实在旧了。但听那价钱，也没有买。她想下个月就都一齐买算了。

四块洋钱，给林姑娘花一块洋钱买东西，还剩三块呢。

那一天她赶场，虽然觉着没有花钱，也已经花了两三角。她买了点敬神的香纸，她说她好几年都因为手里紧没有买香敬神了。

到家里，艾婆婆、王婆婆都走过来看的。并且说她的女儿会赚钱了，做奶妈的该享福了。

林姑娘的母亲还好像害羞了似的，其实她受人家的赞美，心里边感到十分慰安哩！

总之林姑娘的家常生活，没有几天就都变了。在邻居们之中，她高贵了不知多少倍。洗衣裳不用皂荚了，就像先生们洗衣裳的白洋碱来洗了。桃子或是玉米时常吃着，都是先生给她的。皮蛋、咸鸭蛋、花生米每天早晨吃稀饭时都有，中饭和晚饭有时那菜连动也没有动过，就整碗地端过来了。方块肉，炸排骨，肉丝炒杂菜，肉片炒木耳，鸡块山芋汤，这些东西经常吃了起来。而且饭一剩得少，先生们就给她钱，让她去买东西去吃。

这钱算起来，不到几天也有半块多了。赶场她母亲花了两三角，就是这个钱。

还没等到第二次赶场，人家就把林姑娘的工钱减了。这个母亲和她都想也想不到。

那下江人家里，不到饭馆丢包饭，自己在家请了个厨子，因为用不到林姑娘到镇上去取饭，就把她的工钱从四元减到二元。

　　林婆婆一回到家里。艾婆婆、王婆婆、刘婆婆，都说这怎么可以呢？下江人都非常老实的，从下边来的，都是带着钱来的。逃难来，没有钱行吗？不多要两块，不是傻子吗？看人家吃的是什么。穿的是什么，每天大洋钱就和纸片似的到处飘。她们告诉林婆婆为什么眼看着四块钱跑了呢，这可是混乱的年头，千载也遇不到的机会，就是要他五块，他不也得给吗？不看他刚搬来那两天没有水吃，五分钱一担，王丫头不担，八分钱还不担，非要一角钱不可。他没有法子，也就得给一角钱。下江人，他逃难到这里，他啥钱不得花呢？

　　林姑娘才十一岁的娃儿，会做啥事情，她还能赚到两块钱，若不是这混乱的年头，还不是在家里天天吃她奶妈的饭吗？城里大轰炸，日本飞机天天来，就是官厅不也发下告示来说疏散人口。城里只准搬出不准搬入。

　　王婆婆指点着一个从前边过去的滑竿（轿子）：

　　"你不看到吗？林婆婆，那不是下江人戴着眼镜抬着东西不断地往东阳镇搬吗？下江人穿的衣裳，多白多干净……多要几个洋钱算个什么。"

　　说着说着，嘉陵江里那花花绿绿的汽船也来了，小汽船那么饱满，几乎喘不出气来，在江心咚咚咚的响，而不见向前走。载的东西太多。歪斜的挣扎的，因此那声音特别大，很像发了响报之后日本飞机在头上飞似的。

　　王丫头喊林姑娘去看洋船，林姑娘听了给她减了工钱心里不乐，哪里肯去。

　　王丫头拉起刘二妹就跑了。王婆婆也拿着她的大芭蕉扇一扑一扑的，一边跟艾婆婆交谈些什么喂鸡喂鸭的几句家常事，也就走进屋去了。

只有林姑娘和她的奶妈仍坐在石头上，坐了半天工夫，林姑娘才跑进去拿了一穗包谷啃着，她问奶妈吃不吃。

奶妈本想也吃一穗。立刻心里一搅划，也就不吃了。她想：是不是要向那下江人去说，非四块钱不可？

林姑娘的母亲是个很老实的乡下人，经艾婆婆和王婆婆的劝诱，她觉得也有点道理。四块钱一个月到冬天还好给林姑娘做起大棉袍来。棉花一块钱一斤，一斤棉花，做一个厚点的。丈二青蓝布，一尺一角四，丈二是好多钱哩……她自己算了一会可没有算明白。但她只觉得棉花这一打仗，穷人就买不起了。前年棉花是两角五，去年夏天是六角，冬天是九角，腊月天就涨到一块一。今年若买，就早点买，夏天买棉花便宜些……

林姑娘把包谷在尖尖上折了一段递在母亲手里，母亲还吓了一跳。因为她正想这事情到底怎么解决呢？若林姑娘的爸爸在家，也好出个主意。所以那包谷咬在嘴里并不知道是什么味道就下去了。

母亲的心绪很烦乱，想要洗衣裳，懒得动，想把那件破夹袄拿来缝一缝，又懒得动……吃完了包谷，把包谷棒子远远地抛出去之后，还在石头上呆坐了半天，才叫林姑娘把她的针线给拿过来。可是对着针线懒洋洋的，十分不想动手。她呆呆地往远处看着。不知看的什么。林姑娘说：

"奶妈你不洗衣裳吗？我去担水。"

奶妈点一点头，说："是那个样的。"

林姑娘的小水桶穿过包谷林下河去了。母亲还呆呆地在

旷野的呼喊·小城三月

那里想。不一会那小水桶就回来了。远看那小水桶好像两个小圆胖胖的小鼓似的。

母亲还是坐在石头上想得发呆。

就是这一夜，母亲一夜没有睡觉。第二天早晨一起来，两个眼眶子就发黑了。她想两块钱就两块钱吧。一个小女儿又不会什么事情，娘儿两个吃人家的饭，若不是先生们好，怎能洗洗衣裳白白的给两个人白饭吃呢。两块钱还不是白得的吗？还去要什么钱？

林婆婆是个乡下老实人，她觉得她难以开口了，她自己果断地想把这事情放下去。她拿起瓦盆来，倒上点水自己洗洗脸。洗了脸之后，她想紧接着就要洗衣裳，强烈的生活的欲望和工作的喜悦又在鼓动着她了。于是她一拐一拐地更加严厉的内心批判着昨天想去再要两块钱的不应该。

她把林姑娘唤起来下河去担水。

这女孩正睡得香甜。糊里糊涂地睁开眼睛，用很大的眼珠子看住她的母亲。她说："奶妈，先生叫我吗？"

那孩子在梦里觉得有人推她，有人喊她，但她就是醒不来。后来她听先生喊她，她一翻身起来了。

母亲说："先生没喊你，你去担水，担水洗衣裳。"

她担了水来，太阳还出来不很高。这天林姑娘起得又是特别早，邻居们都还一点声音没有的睡着。林姑娘担了第二担水来，王婆婆她们才起来。她们一起来看到林婆婆在那里洗衣裳了。她们就说：

"林婆婆，陇格早洗衣裳，先生们给你好多钱！给八块洋钱吗？"

林婆婆刚刚忘记了这痛苦的思想，又被她们提起了。可不是吗？

　　林姑娘担水又回来了，那孩子的小肩膀也露在外边，多丑。女娃不比男娃，一天比一天大。大姑娘，十一岁也不小了，那孩子又长得那么高。林婆婆看到自己的孩子，那衣服破得连肩膀都遮不住了。于是她又想到那四块钱。四块钱也不多吗，几块钱在下江人算个什么，为什么不去说一下呢？她又取了很多事实证明下江人是很容易欺侮的，她一定会成功的。

　　比方让王丫头担水那件事吧，本来一担水是三分钱，给五分钱，她不担，就给她八分钱，并且向她商量着，"八分钱你担不担呢？"她说她不担，到底给她一角钱的。

　　哪能看到钱不要呢，那不是傻子吗？

　　林姑娘帮着她奶妈把衣裳晒起，就跑到先生那边去，去了就回来了。先生给她一件白麻布的长衫，让她剪短了来穿。母亲看了心想，下江人真是拿东西不当东西，拿钱不当钱。

　　这衣裳给她增加了不少的勇气，她把自己坚定起来了，心里非常平静，对于这件事情，连想也不用再想了。就是那么办，还有什么好想的呢？吃了中饭就去见先生。

　　女儿拿回来的那白麻布长衫，她没有仔细看，顺手就压在床角落里了。等一下就去见先生吧，还有什么呢？

　　午饭之后，她竟站在先生的门口了。门是开着的，向前边的小花园开着的。

　　不管这来的一路上心绪是多么翻搅，多么热血向上边冲，多么心跳，还好像害羞似的，耳脸都一齐发烧。怎么开口呢？

开口说什么呢？不是连第一个字先说什么都想好了吗？怎么都忘了呢？

她越走越近，越近心越跳，心跳把眼睛也跳花了。什么薄荷田，什么豆田，都看不清楚了，只是绿茸茸的一片。

但不管在路上是怎样的昏乱，等她一站在先生门口，她完全清醒了。心里开始感到过分的平静，一刻时间以前那旋转转的一切退去了，烟消火灭了。她把握住她自己了，得到了感情自主那夸耀的心情，使她坦荡荡的，大大方方地变成一个很安定的，内心十分平静的，理直气壮的人。居然这样的平坦，连她自己也想象不到。

她打算开口说了，在开口之前，她把身子先靠住了门框。

"先生，我的腿不好，要找药来吃，没得钱，问先生借两块钱。"

她是这样转弯抹角的把话开了头，说完了这话，她就等着先生拿钱给她。

两块钱拿到手了。她翻动着手上的一张蓝色花的票子，一张红色花的票子。她的内心仍旧是照样的平静，没有忧虑，没有恐惧。折磨了她一天一夜的那强烈的要求，成功或者失败，全然不关重要似的。她把她仍旧要四块一个月的工钱那话说出来了。她还是拿她的腿开头。她说她的腿不大好，因为日本飞机来轰炸城里，下江人都到乡下来，她租的房子，房租也抬高了。从前是三块钱一年，现在一个月就要五角钱了。

她说了这番话，当时先生就给她添了五角，算做替她出了房钱。

但是她站在门口，她胜利的还不走。她又说林姑娘一点点年纪，下河去担水洗衣裳好不容易……若是给别人担，一担水要好多钱哩……她说着还表示出委屈和冤枉的神气，故意把声音拉长，慢吞吞地非常沉着地在讲着。她那善良的厚嘴唇，故意拉得往下突出着，眼睛还把白眼珠向旁边一抹一抹地看着，黑眼珠向旁边一滚，白眼珠露出来那么一大半。

先生说："你十一岁的小女孩能做什么呢，擦张桌子都不会。一个月连房钱两块半，还给你们两个人的饭吃，你想想两个人的饭钱要几块？一个月你算算你给我做些个什么事情？两块半钱行了吧……"

她听了这话，她觉得这是向她商量，为什么不吓吓他一下，说帮不来呢？她想着想着就照样说出来了。

"两块半钱帮不来的。"

她说完了看一看下江人并不十分坚决，只是说：

"两块半钱不少了，帮得来了。林姑娘帮我们正好是半个月，这半个月的两块钱已拿去，下半个月再来拿两块。因为我和你讲的是四块，这个月就照四块给你，下月就是两块半了。"

林婆婆站在那里仍是不走。她想王丫头担水，三分不担，问她五分钱担不担，五分钱不担，问她八分钱她担不担，到底是一角钱担的。

她一定不放过去，两块钱不做，两块半钱还不做，就是四块钱才做。

所以她扯长串的慢慢吞吞的从她的腿说起，一直说到照灯的油也贵了，咸盐也贵了，连针连线都贵了。

· 85 ·

下江人站起来截住了她：

"不用多说了，两块半钱，你想想，你帮来帮不来。"

"帮不来。"连想也没有想，她是早决心这样说的。

说时她把手上的钞票举得很高的，像是连这钱都不要了，她表示着很坚决的样子。

怎么能够想到呢，那下江人站起来，就说："帮不来算啦，晚饭就不要林姑娘来拿饭你们吃了。也不要林姑娘到这边来，半个月的钱我已给你啦。"

所以过了一刻钟之后。林婆婆仍旧站在那门口。她说："哪个说帮不来的，帮得来的……先生……"

但是那一点用处也没有了，人家连听也不听了。人家关了门，把她关在门外边。

龙头花和石竹子在正午的时候，各自单独地向着火似的太阳开着。蝴蝶翩翩地飞来，在那红色花上的，在那水黄色的花上，在那水红色的花上，从龙头花群飞到石竹子花群，来回地飞着。

石竹子无管是红的是粉的，每一朵上都镶着带有锯齿的白边。晚香玉连一朵也没有开，但都打了苞了。

林姑娘的母亲背转过身来，左手支着自己的膝盖，右手捏着两块钱的纸票。她的脖子如同绛色的猪肝似的，从领口一直红到耳根。

她打算回家了。她一迈步才知道全身一点力量也没有了，就像要瘫倒的房架子似的，松了，散了。她的每个骨节都像失去了筋的联系，很危险的就要倒了下来，但是她没有倒，她相反地想要迈出两个大步去。她恨不能够一步迈到家里。她想要休息，她口渴，她要喝水，她疲乏到极点，好像二三十年的劳苦在这一天才吃不消了，才抵抗不住了。但她并不是单纯的疲劳，她心里羞愧。懊悔打算谋杀了她似的捉住了她，羞愧有意煎熬到她无处可以立足的地步。她自己做了什么大的错事，她自己一点也不知道。但那么深刻的损害着她的信心，这是一点也不可消磨的，一些些也不会冲淡的，永久存在的，永久不会忘却的。

羞辱是多么难忍的一种感情，但是已经占有了她了，它就不会退去了。

在混扰之中，她重新用左手按住了膝盖，她打算走回家去。

回到家里，女孩子在那儿洗着那用来每日到先生家去拿饭的那个瓢儿。她告诉林姑娘，消夜饭不能到先生家去拿了。她说：

"林姑娘，不要到先生家拿饭了，你上山去打柴吧。"

林姑娘听了觉得很奇怪，她正想要回问，奶妈先说了：

"先生不用你帮助他……"

林姑娘听了就傻了，一动不动地站在那里翻着眼睛。手里洗湿的瓢儿，溜明地闪光地抱在胸前。

母亲给她背好了背兜，还嘱咐她要拾干草，绿的草一时点不燃的。

立时晚饭就没有烧的，她没有吃的。

林婆婆靠着门框，看着走去的女儿，她想晚饭吃什么呢？麦子在泥罐子里虽然有些，但因为不吃，也就没有想把它磨成粉，白米是一粒也没有的。就吃老玉米吧。艾婆婆种着不

少玉米，拿着几百钱去攀几棵去吧，但是钱怎么可以用呢？从今后有去路没来路了。

她看了自己女儿一眼，那背上的背兜儿还是先生给买的，应该送还回去才对。

女儿走得没有影子了，她也就回到屋里来。她看一看锅儿，上面满都是锈；她翻了翻那柴堆上，还剩几棵草刺。偏偏那柴堆底下也生了毛虫，还把她吓了一下。她想平生没有这么胆小过，于是她又理智地翻了两下，下面竟有一条蚯蚓，锯锯连连地在动。她平常本来不怕这个，可以用手拿，还可以用手把它撕成几段。她小的时候帮着她父亲在河上钓鱼尽是这样做，但今天她也并不是害怕它，她是讨厌它。这什么东西，无头无尾的，难看得很，她抬起脚来踏它，踏了好几下没有踏到，原来她用的是那只残废的左脚，那脚游游动动的不听她使用。等她一回身打开了那盛麦子的泥罐子，那可真的把她吓着了，罐子盖从手上掉下去了。她瞪了眼睛，她张了嘴，这是什么呢？满罐长出来青青的长草。这罐子究竟是装的什么把她吓忘了。她感到这是很不祥，家屋又不是坟墓，怎么会长半尺多高的草呢！

她忍着，她极端憎恶地把那罐子抱到门外。因为是刚刚偏午，大家正睡午觉，所以没有人看到她的麦芽子。

她把麦芽子扭断了，还用一根竹棍向里边挖掘才把罐子里的东西挖出来，没有生芽子的没有多少了，只有罐子底上两寸多厚是一层整粒的麦子。

罐子的东西一倒出来，满地爬着小虫，围绕着她四下窜起。她用手指抿着，她用那只还可以用的脚踩着。平时，她并不伤害这类的小虫，她对小虫也像对于一个小生命似的，让它们各自的活着。可是今天她用着不可压抑的憎恶，敌视了它们。

她把那个并排摆在灶边的从前有一个时期曾经盛过米的空罐子，也用怀疑的眼光打开来看，那里边积了一罐子底水。她扬起头来看一看房顶，就在头上有一块亮洞洞的白缝。这她才想起是下雨房子漏了。

把她的麦子给发了芽了。

恰巧在木盖边上被耗子啃了一寸大的豁牙。水是从木盖漏进去的。

她去刷锅，锅边上的红锈有马莲叶子那么厚。

她才知道，这半个月来是什么都荒废了。

这时林姑娘正在山坡上，背脊的汗一边湿着一边就干了。她丢开了那小竹耙，她用手像梳子似的梳着那干草，因为干了的草都挂在绿草上。

她对于工作永远那么热情，永远没有厌倦。她从七岁时开始担水，打柴，给哥哥送饭。哥哥和父亲一样的是一个窑工。哥哥烧砖的窑离她家三里远，也是挨着嘉陵江边。晚上送了饭，回来天总是黑了的。一个人顺着江边走时，就总听到江水格棱格棱地向下流，若是跟着别的窑工，就是哥哥的朋友一道回来，路上会听到他们讲的各种故事，所以林姑娘若和大人谈起来，什么她都懂得。关于娃儿们的，关于婆婆的，关于蛇或蚯蚓的，从大肚子的青蛙，她能够讲到和针孔一样小的麦蚊。还有野草和山上长的果子，她也都认得。她把金边兰叫成菖蒲。她天真地用那小黑手摸着下江人种在花

盆里的一棵鸡冠花，她喊着："这大线菜，多乖呀……。"她的认识有许多错误。但正因为这样，她才是孩子。关于嘉陵江的涨水，她有不少的神话。关于父亲和哥哥那等窑工们，她知道得别人不能比她再多了。从七岁到十岁这中间，每天到哥哥那窑上去送三次饭。她对于那小砖窑很熟悉，老远的她一看到那窑口上升起了蓝烟，她就感到亲切，多少有点像走到家里那种温暖的滋味。天黑了，她单个沿着那格棱格棱的江水，把脚踏进沙窝里去了，一步步地拔着回来。

林姑娘对于生活没有不满意过，对于工作没有怨言，对于母亲是听从的。她赤着两只小脚，梳了一个一尺多长的辫子，走起路来很规距，说起话来慢吞吞，她的笑总是甜蜜蜜的。

她在山坡上一边抓草，一边还嘟嘟的唱了些什么。

嘉陵江的汽船来了。林姑娘一听了那船的哨子，她站起来了，背上背筐就往山下跑。这正是到先生家拿钱到东阳镇买鸡蛋做点心的时候。因为汽船一叫，她就到那边去，已经成为习惯了。她下山下得那么快，几乎是往下滑着，已经快滑到平地，她想起来了，她不能再到先生那里去了。她站在山坡上，她满脸发烧，她想回头来再上山采柴时，她看着那高坡觉得可怕起来，她觉得自己是上不去了，她累了。一点力量没有了。那高坡就是上也上不去了。她在半山腰又采了一阵。若没有这柴，奶妈用什么烧麦粑，没有麦粑，晚饭吃什么？她心里一急，她觉得眼前一迷花，口一渴。

打摆子不是吗？

于是她更紧急地扒着，不管干的或不干的草。她想这怎么可以呢？用什么来烧麦粑？不是奶妈让我来打柴吗？她只恍恍惚惚地记住这回事，其余的就连自己是在什么地方也不晓得了。奶妈是在哪里，她自己的家是在哪里，她都不晓得了。

她在山坡上倒下来了。

林姑娘这一病病了一个来月。

病后她完全像个大姑娘了。担着担子下河去担水，寂寞地走了一路。寂寞地去，寂寞地来，低了头，眼睛只是看着脚尖走。河边上的那些沙子石头，她连一眼也不睬。那大石板的石窝落了水之后，生了小鱼没有，这个她更没有注意。虽然是来到了六月天，早起仍是清凉的，但她不爱这个了。似乎颜色、声音，都得不到她的喜欢。大洋船来时，她再不像从前那样到江边上去看了。从前一看洋船来，连喊带叫的那记忆，若一记起，就有羞耻的情绪向她袭来。若小同伴们喊她，她用了深宏的海水似的眼光向她们摇头。上山打柴时，她改变了从前的习惯，她喜欢一个人去。奶妈怕山上有狼，让她多纳几个同伴，她觉得狼怕什么，狼又有什么可怕。这性情连奶妈也觉得女儿变大了。

奶妈答应给她做的白短衫，为着安慰她生病，虽然是下江人辞了她，但也给她做起了。问她穿不穿，她说："穿它做啥哟，上山去打柴。"

红头绳也给她买了，她也说她先不缚起。

有一天大家正在乘凉，王丫头傻里傻气地跑来了。一边跑，一边喊着林姑娘。王丫头手里拿着一朵大花。她是来喊林姑娘去看花的。

走在半路上，林姑娘觉得有点不对，先生那是从辞了她

连那门口都不经过,她绕着弯走过去,问王丫头在哪里那花。

王丫头说:"你没看见吗?不就是那下江人,你先生那里吗?"

林姑娘转回身来回头就走。她脸色苍白的,凄清的,郁郁不乐的在她奶妈的旁边沉默地坐到半夜。

林姑娘变成小大人了,邻居们和她的奶妈都说她。

二八年七月二十日

莲花池

　　全屋子都是黄澄澄的。一夜之中那孩子醒了好几次，每天都是这样。他一睁开眼睛，屋子总是黄澄澄的，而爷爷就坐在那黄澄澄的灯光里。爷爷手里拿着一张破布，用那东西在裹着什么，裹得起劲的时候，连胳臂都颤抖着，并且胡子也哆嗦起来。有的时候他手里拿一块放着白光的，有的时候是一块放黄光的，也有小酒壶，也有小铜盆。有一次，爷爷摩擦着一个长得可怕的大烟袋。这东西，小豆这孩子从来未见过，他夸张地想象着它和挑水的扁担一样长了。他的屋子的靠着门的那个角上，修着一个小地洞，爷爷在夜里有时爬进去，那洞上盖着一块方板，板上堆着柳条枝和别的柴草，因为锅灶就在柴堆的旁边。从地洞取出来的东西都不很大，都不好看，也一点没有用处，要玩也不好玩。带在女人耳朵上的银耳环，别在老太太头上的方扁簪，铜蜡台、白洋铁香炉碗……可是爷爷却很喜欢这些东西。他半夜三更地擦着它们，往往还擦出声来，沙沙沙地，好像爷爷的手永远是一块

旷野的呼喊·小城三月

大沙纸似的。

小豆糊里糊涂地睁开眼睛看了一下就又睡了。但这都是前半夜，而后半夜，就通通是黑的了，什么也没有了，什么也看不见了。

爷爷到底是去做什么，小豆并不知道这个。

那孩子翻了一个身或是错磨着他小小的牙齿，就又睡觉了。

他的夜梦永久是荒凉的窄狭的，多少还有点害怕。他常常梦到白云在他头上飞，有一次还掠走他的帽子。梦到过一个蝴蝶挂到一个蛛网上，那蛛网是悬在一个小黑洞里。梦到了一群孩子们要打他。梦到过一群狗在后面追着他。有一次他梦到爷爷进了那黑洞就不再出来了。那一次，他全身都出了汗，他的眼睛冒着绿色的火花，他张着嘴，几乎是断了气似的可怕地瘫在那里了。

永久是那样，一个梦接着一个梦，虽然他不愿意再做了，可是非做不可，就像他白天蹲在窗口里，虽然他不愿意蹲了，可是不能出去，就非蹲在那里不可。

湖边上那小莲花池，周围都长起来了小草，毛烘烘的，厚敦敦的，饱满得像是那小草之中浸了水似的。可是风来的时候，那草梢也会随着风卷动。风从南边来，它就一齐向北低了头，一会又顺着风一齐向南把头低下。油亮亮的，绿森森的，在它们来回摆着的时候，迎着太阳的方向，绿色就浅了，背着太阳的方向，绿色就深了。偶尔也可以看到那绿色的草里有一两棵小花，那小花朵受着草丛的拥挤是想站也站不住，想倒也倒不下。完全被青草包围了，完全跟着青草一齐倒来倒去。但看上去，那小花朵就顶在青草的头上似的。

那孩子想：这若伸手去摸摸有多么好呢。

但他知道他一步不能离开他的窗口，他一推开门出去，邻家的孩子就打他。他很瘦弱，很苍白，腿和手都没有邻家孩子那么粗。有一回出去了，围着房子散步了半天，本来他不打算往远处走。在那时候就有一个小黄蝴蝶飘飘地在他前边飞着，他觉得走上前去一两步就可以捉到它。那蝴蝶落在离他家一丈远的土堆上，落在离他家比那土堆更远一点的柳树根底下……又落在这儿，又落在那儿。都离得他很近，落在他的脚尖那里，又飞过他的头顶，可是总不让他捉住。他上火了，他生气了，同时也觉得害羞，他想这蝴蝶一定是在捉弄他。于是他脱下来了衣服，他光着背脊乱追着。一边追，一边小声喊："你站住，你站住。"

这样不知扑了多少时候，他扯着衣裳的领子，把衣裳抡了出去，好像打鱼人撒网一样。可是那小黄蝴蝶越飞越高了。他仰着颈子看它，天空有无数太阳的针刺刺了他的眼睛，致使他看不见那蝴蝶了。他的眼睛翻花了，他的头晕转了一阵，他的腿软了，他觉得一点力量也没有了。他想坐下来，房子和那小莲花池却在旋转，好像瓦盆窑里做瓦盆的人看到瓦盆在架子上旋转一样。就在这时候，黄蝴蝶早就不见了。至于他离开家门多远了呢，他回头一看，他家的敞开着的门口，变得黑洞洞的了，屋里边的什么也看不见了。他赶快往回跑，那些小流氓，那些坏东西，立刻反映在他的头脑里，邻居孩子打他的事情，他想起来了。他手里扯着扑蝴蝶时脱下来的衣裳，衣裳的襟飘在后边，他一跑起来它还哗啦哗啦的响。

他一害怕，心脏就过度地跳，不但胸中觉得非常饱满，就连嘴里边也像含了东西。这东西塞满了他的嘴就和浸进水去的海绵似的。吞也吞不下去，可是也吐不出来。

就是扑蝴蝶的这一天，他又受了伤。邻家的孩子追上他来了，用棍子，用拳头，用脚打了他。他的腿和小狼的腿那么细。被打倒时在膝盖上擦破了很大的一张皮。那些孩子简直是一些小虎，简直是些疯狗，完全没有孩子样，完全是些黑沉沉的影子。他于是被压倒了，被埋没了。他的哭声他知道是没有用处，他昏迷了。

经过这一次，他就再不敢离开他的窗口了。虽然那莲花池边上还长着他看不清楚的富于幻想的飘渺的小花。

他一直在窗口蹲到黄昏以后，和一匹小猫似的，静穆、安闲，但多少带些无聊地蹲着。有一次他竟睡着了，从不大宽的窗台上滚下来了。他没有害怕，只觉得打断了一个很好的梦是不应该。他用手背揉一揉眼睛，而后睁开眼睛看一看，果然方才那是一个梦呢！自己始终是在屋子里面，而不像梦里那样，悠闲地溜荡在蓝色的天空下，而更不敢想是在莲花池边上了。他自己觉得仍旧落得空虚之中，眼前都是空虚的，冷清的，灰色的，伸出手去似乎什么也不会触到，眼睛看上去什么也看不到。空虚的也就是恐怖的，他又回到窗台上蹲着时，他往后缩一缩，把背脊紧紧地靠住窗框，一直靠到背脊骨有些发痛的时候。

小豆一天天地望着莲花池。莲花池里的莲花开了，开得和七月十五盂兰盆会所放的河灯那么红堂堂的了。那不大健康的小豆，从未离开过他的窗口到池边去脚踏实地去看过一次。只让那意想诱惑着他把那莲花池夸大了，相同一个小世界，相同一个小城。那里什么都有：蝴蝶、蜻蜓、蚱蜢……虫子们还笑着，唱着歌。草和花就像听着故事的孩子似的点着头。下雨时莲花叶扇抖得和许多大扇子似的，莲花池上就满都是这些大扇子了。那孩子说："爷爷你领我去看看那大莲花。"

他说完了就靠着爷爷的腿，而后抱住爷爷的腿，同时轻轻地摇着。

"要看……那没什么好看的。爷爷明天领你去。"

爷爷总是夜里不在家，白天在家就睡觉。睡醒了就昏头昏脑地抽烟，从黄昏之前就抽起，接着开始烧晚饭。

爷爷的烟袋锅子咕噜咕噜的响，小豆伏在他膝盖上，听得那烟袋锅子更清晰了，懒洋洋的晒在太阳里跟小猫似的。又摇了爷爷两下，他还是希望能去到莲花池，但他没有理他。空虚的悲哀很快地袭击了他。因为他自己觉得也没有理由一定坚持要去，内心又觉得非去不可。所以他悲哀了。他闭着眼睛，他的眼泪要从眼角流下来，鼻子又辣又痛，好像刚刚吃过了芥末。他心里起了一阵憎恨那莲花池的感情：莲花池有什么好看的！一点也不想去看。他离开了爷爷的膝盖，在屋子里来回地好像小马驹撒欢儿似的跑了几趟。他的眼泪被自己欺骗着总算没有流下来。

他很瘦弱，他的眼球白的多黑的少，面色不太好，很容易高兴，也很容易悲哀。高兴时用他歪歪斜斜的小腿跳着舞，并且嘴里也像唱着歌。等他悲哀的时候，他的眼球一转也不转。他向来不哭。他自己想：哭什么呢，哭有什么用呢。但

一哭起来，就像永远不会停止，哭声很大，他故意把周围的什么都要震破似的。一哭起来常常是躺在地上滚着，爷爷呼止不住他。爷爷从来不打他。他一哭起来，爷爷就蹲在他的旁边，用手摸着他的头顶，或者用着腰带子的一端给他揩一揩泪。其余什么也不做，只有看着他。

他的父亲是木匠，在他三岁的时候，父亲就死了。母亲又过两年嫁了人。对于母亲离开他的印象，他模模糊糊地记得一点。母亲是跟了那个大胡子的王木匠走的。王木匠提着母亲的东西，还一拐一拐的。因为王木匠是个三条腿，除了两只真腿之外，还用木头给自己做了一个假腿。他一想起来他就觉得好笑，为什么一个人还有一条腿不敢落地呢，还要用一个木头腿来帮忙？母亲那天是黄昏时候走的，她好像上街去买东西的一样，可是从那时就没有回来过。

小豆从那一夜起，就睡在祖父旁边了。这孩子没有独立的一张被子，跟父亲睡时就盖父亲的一个被。再跟母亲睡时，母亲就搂着他。这回跟祖父睡了，祖父的被子连他的头都蒙住了。

"你出汗吗？热吗？为什么不盖被呢？"

他刚搬到爷爷旁边那几天，爷爷半夜里总是问他。因为爷爷没有和孩子睡在一起的习惯，用被子整整地把他包住了。他因此不能够喘气，常常从被子里逃到一边，就光着身子睡。

这孩子睡在爷爷的被子里没有多久，爷爷就把整张的被子全部让给他。爷爷在夜里就不见了。他招呼了几声，听听没有回应，他也就盖着那张大被子开始自己单独的睡了。

从那时候起，爷爷就开始了他自己的职业，盗墓子去了。

银白色的夜。瓦灰色的夜。触着什么什么发响的夜。盗墓子的人背了斧子、刀子和必须的小麻绳，另外有几根皮鞭梢。而火柴相对盗墓子的人而言是主宰他们的灵魂的东西。但带着火柴的这件事情，并没有多久，是从清朝开始的。在那以前都是带着打火石。他们对于这一件事情很庄严，带着宗教感的崇高的情绪，装配了这种随时可以发光的东西在他们身上。

盗墓子的人先打开了火柴盒，划着了一根，再划一很。划到三四根上，证明了这火柴是一些儿也没有潮湿，每根每根都是保险会划着的。他开始放几根在内衣的口袋里，还必须塞进帽边里几根。塞完了辽用手捻着，看看是否塞得坚实，是不是会半路脱掉的。

五月的一个夜里，那长胡子的老头，就是小豆的祖父，他在污黑的桌子边上，放下了他的烟袋。他把火柴到处放着，还放在裤脚的腿带缝里几棵。把火柴头先插进去，而后用手向里推。他的手涨着不少的血管，他的眉毛像两条小刷子似的，他的一张方形的脸有的地方筋肉突起，有的地方凹下，他的白了一半的头发高丛丛的，从他的前额相同河岸上升着的密草似的直立着。可是他的影子落到墙上就只是个影子了，平滑的，黑灰色的，薄得和纸片似的，消灭了他生活的年代的尊严。不过那影子为着那耸高的头发和拖长的胡子，正好像《伊索寓言》里为山人在河下寻找斧子的大胡子河神。

前一刻那长烟管还咝咝啦啦地叫着，那红色的江石大烟袋嘴，刚一离那老头厚厚的嘴唇，一会儿工夫就不响了，烟袋锅子也不冒烟了。和睡在炕上的小豆一样，烟袋是睡在桌

子边上了。

　　火柴不但能够点灯，能够吸烟，能够燃起炉灶来，能够在山林里驱走狼。传说上还能够赶鬼。盗墓子的人他不说带着火柴是为了赶鬼（因为他们怕鬼，所以不那么说）。他说在忌日，就是他们从师父那里学来的，好比信佛教的人吃素一样。他们也有他们的忌日，好比下九和二十三。在这样的日子上若是他们身上不带着发火器具，鬼就追随着他们跟到家里来，和他们的儿孙生活在一起。传说上有一个女鬼，头上带着五把钢叉，就在这忌日的夜晚出来巡行，走一步拔下钢叉来丢一把，一直丢到最末一把。若是从死人那里回来的人遇到她，她就要叉死那个人。唯有身上带着发火的东西的，她则不敢。从前多少年代盗墓子的人是带着打火石的。这火石是他们的师父一边念着咒语而传给他们的。他们记得很清晰，师父说过："人是有眼睛的，鬼是没有眼睛的，要给他一个亮，顺着这亮他就走自己的路了。"然而他们不能够打着灯笼。

　　还必须带着几根皮鞭梢，这是做什么用的，他们自己也没有用过。把皮鞭梢挂在腰带上的右手边，准备用得着它时，方便得随手可以抽下来。但成了装饰品了，都磨得油滑滑的，腻得污黑了。传说上就是那带着五把钢叉的女鬼，被一个骑马的人用马鞭子的鞭梢勒住过一次。

　　小豆的爷爷挂起皮鞭梢来，就走出去，在月光里那不甚亮的小板门，在外边他扣起来铁门环。那铁门环过于粗大，过于笨重，它规规矩矩地蹲在门上。那房子里想象不到还有一个七八岁的孩子睡在里边。

夜里爷爷不在家，白天他也多半不在家。他拿着从死人那里得来的东西到镇上去卖。在旧货商人那里为了争着价钱，常常是回来得很晚的。

"爷爷！"小豆看着爷爷从四五丈远的地方回来了，他向那方向招呼着。

老头走到他的旁边，摸着他的头顶。就像带着一条小狗一样，他把孙子带到屋子里。一进门小豆就单调地喊着。他虽然坐在窗口等一下午爷爷才回来，他还是照样的高兴。

"爷爷，这大绿豆青……这大蚂蚱……是从窗洞进来的……"

他说着就跳到炕上去，破窗框上的纸被他的小手一片一片地撕下来。"这不是，就从这儿跳进来的……我就用这手心一扣就扣住它啦。"他悬空在窗台上扣了一下。"它还跳呢，看吧，这么跳……"

爷爷没有理他，他仍旧问着：

"是不是，爷爷……是不是大绿豆青……"

"是不是这蚂蚱吃的肚子太大了，跳不快，一抓就抓住……"

"爷爷你看，它在我左手上一跳会跳到右手上，还会跳回来。"

"爷爷看哪，爷爷看……爷爷。"

"爷……"

最末后他看出来爷爷早就不理他了。

爷爷坐在离他很远的灶门口的木墩上，满头都是汗珠，手里揉擦着那柔软的帽头。

爷爷的鞋底踏住了一根草棍，还咕噜咕噜地在脚心下滚着。他爷爷的眼睛静静地看着那草棍所打起来的土灰。关于跳在他眼前的绿豆青蚂蚱，他连理也没有理，到太阳落，他也不拿起他的老菜刀来劈柴，好像连晚饭都不吃了。窗口照进来的夕阳从白色变成了黄色，再变成金黄，而后简直就是金红的了。爷爷的头并不在这阳光里，只是两只手伸进阳光里去，并且在红澄澄的红得像混着金粉似的光辉里把他的两手翻洗着。太阳一刻一刻地沉下去了，那块红光在墙壁上拉长了，拉歪了。爷爷的手的黑影也随着长了，歪了，慢慢的不成形了，那怪样子的手指长得比手掌还要长了好几倍，爷爷的手指有一尺多长了。

小豆远远地看着爷爷。他坐在东窗的窗口。绿豆青色的大蚂蚱紧紧地握在手心里，像握着几根草秆似的稍稍还刺痒着他的手心。前一刻那么热烈的情绪，那么富于幻想，他打算从湖边上一看到爷爷的影子他就躲在门后，爷爷进屋时他大叫一声，同时跑出来。跟着把大绿豆青放出来。最好是能放在爷爷的胡子上，让蚂蚱咬爷爷的嘴唇。他想到这里欢喜得把自己都感动了。为着这奇迹他要笑出眼泪来了，他抑止不住地用小手揉着他自己发酸的鼻头。可是现在他静静地望着那红窗影，望着太阳消逝得那么快，它在面前走过去一样。红色的影子渐渐缩短，缩短，而最后的那一条条，消逝得更快，好比用揩布一下子就把它揩抹了去了。

爷爷一声也不咳嗽，一点要站起来活动的意思也没有。

天色从黄昏渐渐变得昏黑。小豆感到爷爷的模样也随着天可怕起来，像一只蹲着的老虎，像一个瞎话里的大魔鬼。

“小豆。”爷爷忽然在那边叫了他一声。

这声音把他吓得跳了一下。因为他很久很久的不知不觉的思想集中在想着一些什么。他放下了大蚂蚱，他回应一声："爷爷！"

那声音在他的前边已经跑到爷爷的身边去，而后他才离开了窗台。同时顽皮地用手拍了一下大蚂蚱的后腿，使它自动地跳开去。他才慢斯斯的一边回头看那蚂蚱一边走转向了祖父的面前去。

这孩子本来是一向不热情的，脸色永久是苍白的，笑的时节只露出两颗小牙齿，哭的时节眼泪也并不怎样多，走路和小老人一样。虽然方才他兴奋一阵，但现在他仍旧恢复了原样。一步一步地斯斯稳稳地向着祖父那边走过去。

祖父拉了他一把，那苍白的小脸什么也没有表示地望着祖父的眼睛看了一下。他一点也想不到会有什么变化发生。从他有了记忆那天起，他们的小房里没有来过一个生人，没有发生过一件新鲜事，甚至于连一顶新的帽子也没有买过。炕上的那张席子原来可是新的，现在已有了个大洞。但那已经记不得是什么时候开始破的，就像是一开始就破了这么大一个洞，还有房顶空的蛛丝，连那蛛丝上的尘土也没有多，也没有少，其中长的蛛丝长得和湖边上倒垂的柳丝似的有十多挂，那短的啰啰唆唆地在胶糊着墙角。这一切都是有这个房子就有这些东西，什么也没有变更过，什么也没有多过，什么也没有少过。这一切都是从存在那一天起便是今天这个老样子。家里没有请过客人，吃饭的时候，桌子永久是摆着两双筷子，屋子里是凡有一些些声音就没有不是单调的。总

之是单调惯了，很难说他们的生活过得单调不单调，或寂寞
不寂寞。说话的声音反应在墙上而后那回响也是清清朗朗的。
比如爷爷喊着小豆，在小豆没有答应之前，他自己就先听到
了自己音波的共震。在他烧饭时，偶尔把铁勺子掉到锅底上
去，那响声会把小豆震得好像睡觉时做了一个恶梦那样的跳
起。可见他家只站着四座墙了。也可见他家屋子是很大的。
本来儿子活着时这屋子住着一家五口人的。墙上仍旧挂着那
从前装过很多筷子的筷子笼，现在虽然变样了，但仍旧挂着。
因为早就不用了，那筷子笼发霉了，几乎看不出来那是用柳
条编的或是用的藤子，因为被抽烟和尘土的粘腻已经变得绒
毛毛的黑绿色的海藻似的了。但那里边依然装着一大把旧时
用过的筷子。筷子已经脏得不像样子，看不出来那还是筷子
了。但总算没有动过，让一年接一年地跟着过去。

连爷爷的胡子也一向就那么长，也一向就那么密重重的
一堆。到现在仍旧是密得好像用人工栽上去的一样。

小豆抬起手来，触了一下爷爷的胡子梢，爷爷也就温柔
地用胡子梢触了一下小豆头顶心的缨缨发。他想爷爷张嘴了，
爷爷说什么话了吧。可是不然，爷爷只把嘴唇上下的吻合着
吮了一下。

小豆似乎听到爷爷在咂舌了。

有什么变更了呢，小豆连想也不往这边想。他没看到过
什么变更过。祖父夜里出去和白天睡，还照着老样子。他自
己蹲在窗台上，一天蹲到晚，也是一惯的老样子。变更了什
么，到底是变更了什么？那孩子关于这个连一些些儿预感也
没有。

爷爷招呼他来，并不吩咐他什么。他对于这个，他完全习惯的，他不能明白的，他从来也不问。他不懂得的就让他不懂得。他能够看见的他就看，看不见的也就算了。比方他总想去到那莲花池，他为着这个也是很久很久的和别的一般的孩子的脾气似的，对于他要求的达不到目的就放下下。他最后不去也就算了。他的问题都是在没提出之前，在他自己心里搅闹得很不舒服，一提出来之后，也就马马虎虎的算了。他多半猜得到他要求的事情就没有一件成功的。所以关于爷爷招呼他来并不吩咐他这事，他并不去追问。他自己悠闲地闪着他不大明亮的小眼睛在四外看着，他看到了墙上爬着一个多脚虫，还爬得哕啦哕啦地响。他一仰头又看到个小黑蜘蛛缀在它自己的网上。

天就要全黑，窗外的蓝天，开初是蓝得明蓝、透蓝。再就是蓝缎子似的，显出天空有无限深远。而现在这一刻，天气宁静了，像要凝结了似的，蓝得黑乎乎的了。

爷爷把他的手骨节一个一个地捏过，发出了脆骨折断了似的响声。爷爷仍旧什么也不说，把头仰起看一看房顶空，小豆也跟着看了看。

那蜘蛛沉重得和一块饱满的铅锤似的，时时有从网上掉落下来的可能。和蛛网平行的是一条房梁上挂下来的绳头，模糊中看得出绳头还结着一个圈，同时还有墙角上的木格子。那木格子上从前摆着斧子，摆着墨斗、墨尺和墨线……那是儿子做木匠时亲手做起来的。老头忽燃想起了他死去的儿子，那不是他学徒满期回来的第二天就开头做了个木格子吗？他不是说做手艺人，家伙要紧，怕是耗子给他咬了才做

了这木格子。他想起了房梁上那垂着的绳子也是儿子结的。五月初一媳妇出去采了一大堆艾蒿，儿子亲手把它挂在房梁上，想起来这事情都在眼前，像是还可以嗅到那艾蒿的气味。可是房梁上的绳子却污黑了，好像生了锈的沉重的锁链，垂在那里哀慕的一动也不动。老头子又看了那绳头子一眼，他的心脏立刻翻了一个面，脸开始发烧，接着就冒凉风。儿子死去也三四年了，从来没有像今天这样捉心的难过。

从前他自信，他有把握，他想他拼掉了自己最后的力量，孙儿是不会饿死的。只要爷爷多活几年，孙儿是不会饿死的。媳妇再嫁了，他想那也好的，年轻的人，让她也过这样的日子有什么意思，缺柴少米，家里又没有人手。但这都是他过去的想头，现在一切都悬了空。此后怎么能吃饭呢，他不知道了。到底是能够眼看着孙儿长大或是不能，他都不能十分确定。一些过去的感伤的场面，一段连着一段，他的思路和海上遇了风那翻花的波浪似的。从前无管怎样忧愁时也没有这样困疲过他的，现在来了。他昏迷，他心跳，他的血管暴涨，他的耳朵发热，他的喉咙发干。他摸自己的两手的骨节，那骨节又开始噼拍的发响。他觉得这骨节也像变大了，变得突出而讨厌了。他要站起来走动一下，摆脱了这一切。但像有什么东西锤着他，使他站不起来。

"这是干么？"

在他痛苦得不能支持，不能再任着那回想折磨下去时，他自己叫了一个口号，同时站起身来。

"小豆，醒醒，爷爷煮绿豆粥给你吃。"他想借着和孩子的谈话把自己平伏一下，"小豆，快别迷迷糊糊的……看跌倒了……你的大蝴蝶飞了没有？"

"爷爷，你说错啦，哪里是大蝴蝶，是大蚂蚱。"小豆离开爷爷的膝盖，努力睁开眼睛。抬起腿来就想要跑，想把那大绿豆青拿给爷爷看看。

原来爷爷连看也没有看那大绿豆青一眼，所以把蚂蚱当作蝴蝶了。他伸出手去拉住了要跑开的小豆。

"吃了饭爷爷再看。"

他伸手在自己的腰怀里取出一个小包包来，正在他取出来时，那纸包被撕破而漏了，扑拉拉地往地上落着豆粒。跟着绿豆的滚落，小豆就伏下身去，在地上拾着绿豆粒。那小手掌连掌心都和地上的灰土扣得伏贴贴的，地上好像有无数滚圆的小石子。那孩子一边拾着还一边玩着，他用手心按住许多豆粒在地上轱辘着。

爷爷看了这样的情景，心上来了一阵激动的欢喜：

"这孩子怎么能够饿死？知道吃的中用了。"

爷爷心上又来了一阵酸楚。他想到这可怜的孩子，他父亲死的时候，他才刚刚会走路，虽然那时他已四岁了，但因身体特别衰弱，外边若多少下一点雨，只怕几步路也要背在爷爷的背上。三天或五日就要生一次病。看他病的样子，实在可怜。他不哼，不叫，也不吃东西，也不要什么，只是隔了一会工夫便叫一声"爷"。问他要水吗？

"不要。"

要吃的吗？

"不要。"

眼睛半开不开地又昏昏沉沉地睡了。

旷野的呼喊·小城三月

睡了三五天，起来了，好了。看见什么都表示欢喜。可是过不几天，就又病了。

"没有病死，还能饿死吗？"为了这个，晚上熄了灯之后，爷爷是烦扰着。

过去的事情又一件一件地向他涌来，他想媳妇出嫁的那天晚上，那个开着盖的描金柜……媳妇临出门时的那哭声。在他回想起来，比在当时还感动了他。他自己也奇怪，都是些过去的事想它干吗？但接着又想到他死去的儿子。

一切房里边的和外边的都黑掉了，莲花池也黑沉沉的看不见了，消磨得用手去摸也摸不到，用脚去踏也踏不到似的。莲花池也和那些平凡的大地一般平凡。

大绿豆青蚂蚱也早被孩子忘记了。那孩子睡得很平稳，和一条卷着的小虫似的。

但醒在他旁边的爷爷，从小豆的鼻孔里隔一会可以听到一声受了什么委屈似的叹息。

老头子从儿子死了之后，他就开始偷盗死人。这职业起初他不愿意干，不肯干。他想也袭用着儿子的斧子和锯，也去做一个木匠。他还可笑地在家里练习了三两天，但是毫无成绩。他利用了一块厚木板片，做了一个小方凳，但那是多么滑稽，四条腿一个比一个短，他想这也没有关系，用锯锯齐了就是了，在他锯时那锯齿无论怎样也不合用，锯了半天，把凳腿都锯乱了，可是还没有锯下来。更出乎他意料之外的，他眼看着他自己做的木凳开始被锯得散花了。他知道木匠是当不成了，所以把儿子的家具该卖掉的都卖掉了。还有几样东西，他就用来盗墓子了。

从死人那里得来的，顶值钱的他盗得一对银杯，两副银耳环，一副带大头的，一副光圈。还有一个包金的戒指。还有铜水烟袋一个，锡花瓶一个，银扁簪一个，其余都是些不值钱的东西，衣裳鞋帽，或是陪葬的小花玻璃杯，铜方孔钱之类。还有铜烟袋嘴，铜烟袋锅，檀香木的大扇子，也都是不值钱的东西。

夜里他出去挖掘，白天便到小镇上旧货商人那里去兜卖。从日本人一来，他的货色常常被日本人扣劫，昨天晚上就是被查了回来的。白天有日本宪兵把守着从村子到镇上去的路，夜里有侦探穿着便衣在镇上走着，行路随时都要被检查。问那老头怀里是什么东西，那东西从哪里来的。他说不出是从哪里来的了。问他什么职业，他说不出他是什么职业。他的东西被没收了两三次，他并没有怕，昨天他在街上看到了一大队中国人被日本人抓去当兵。又听说没有职业的人，日本人都要抓的。

旧货商人告诉他，要想不让抓去当兵，那就赶快顺了日本人。他若愿意顺了日本，那旧货商人就带着他去。昨天就把他送到了一个地方，也见过了日本人。

为着这个事，昨天晚上，他通夜没有睡。因为是盗墓子的人，夜里工作惯了，所以今天一起来精神并不特别坏，他又下到小地窖里去。他出来时，脸上划着一格一条的灰尘。

小豆站在墙角上静静地看着爷爷。

那老头把几张小铜片塞在帽头的顶上，把一些碎铁钉包在腰带头上，仓仓惶惶地拿着一条针在缝着，而后不知把什么发亮的小片片放在手心晃了几下。小豆没有看清楚这东西

到底是放在什么地方。爷爷简直像变戏法一样神秘了，一根银牙签捏了半天才插进袖边里去。他一抬头看见小豆溜圆的眼睛和小钉似的盯着他。

"你看什么，你看爷爷吗？"

小豆没敢答言，兜着小嘴羞惭惭地回过头去了。

爷爷也红了脸，推开了独板门，又到旧货商人那里去了。

有这么一天，爷爷忽然喊着小豆，那喊声非常平静，平静到了哑的地步。

"孩子，来吧，跟爷去。"

他用手指尖搔着小豆头顶上的那撮毛毛发，搔了半天工夫。

那天他给孩子穿上那双青竹布的夹鞋，鞋后跟上钉着一条窄小的分带。祖父低下头去，用着粗大的呼吸给孙儿结了起来。

"爷爷，去看莲花池？"小豆和小绵羊似的站到爷爷的旁边。

"走吧，跟爷爷去……"

这一天爷爷并不带上他的刀子和剪子，并不像夜里出去的那样。也不走进小地窖去，也不去找他那些铜片和碎铁。只听爷爷说了好几次：

"走吧，跟爷爷去。"

跟爷爷到哪里去呢？小豆也就不问了，他和一只小绵羊似的站到爷爷的旁边。

"就只这一回了，就再不去了……"

爷爷自己说着这样的话，小豆听着没有什么意思。或者是带他去看外祖母吗？或者是去看姑母吗？或者去进庙会吗？小豆根本就不往这边想，他没有出门去看过一位亲戚。在他小的时候，外祖母是到他家里来看过他的，那时他还不记事，所以他不知道。镇上赶集的日子，他没有丢过。正月十五看花灯，他没看过。八月节他连月饼都没有吃过。那好吃的东西，他连认识都不认识。他没有见过的东西非常多，等一会走到小镇上，爷爷给他粽子时，他就不晓得怎样剥开吃。他没有看过驴皮影，他没有看过社戏。这回他将到哪里去呢？将看到一些什么，他无法想象了，他只打算跟着就走，越快越好，立刻就出发他更满意。

他觉得爷爷那是麻烦得很，给他穿上这个，穿上那个，还要给他戴一顶大帽子，说是怕太阳晒着头。那帽子太大了，爷爷还教给他，说风来时就用手先去拉住帽沿。给他洗了脸，又给他洗了手，洗脸时他才看到孙子的颈子是那么黑了，面巾打上去，立刻就起了和菜棵上黑包的一堆一堆的腻虫似的泥滚。正在擦耳朵，耳洞里就掉出一些白色的碎末来，看手指甲也像鸟爪那么长了。爷爷还想给剪一剪，因为找剪刀而没有找到，他想从街上回来再好好地连头也得剪一剪。

小豆等得实在不耐烦了，爷爷找不到剪刀，他就嚷嚷着："爷爷，你不是前天把剪子和……和……把剪子撇到腰带里去的吗？"

老头子感到很大的羞辱，立刻红了脸。他想：这孩子可怎么看见的呢？我一切不都是背着他吗？于是他招呼着："走吧！"

他们就出了门。

　　天是晴的，耀眼的，空气发散着从野草里边蒸腾出来的甜味。地平线的四边都是绿色，绿得那么新鲜，翠绿，湛绿，油亮亮的绿。地平线边沿上的绿，绿得冒烟了，绿得是那边下着小雨似的。而近处，就在半里路之内，都绿得全像玻璃。

　　好像有什么在迷了小豆的眼睛，对于这样大的太阳，他昏花了。这样清楚的天气，他想要看的什么都看不清了。比方那幻想了好久的莲花他，就一时找不到了。他好像土拨鼠被带到太阳下那样瞎了自己的眼睛，小豆实在是个小土拨鼠，他不但眼睛花，而腿也站不住，就像他只配自己永久蹲在土洞里。

　　"小豆！小豆！"爷爷在后边喊他。

　　"裤子露屁股了，快回去，换上再来。"爷爷已经转回身去向着家的方面。等他想起小豆只有一条裤子，他就又同孩子一同往前走了。

　　镇上是赶集的日子，爷爷就是带着孙儿来看看热闹，同时，一会就有钱了，可以给他买点什么。

　　"小豆要什么，什么他喜欢，带他自己来，让他选一选。"祖父一边走着一边想着。可是必得扯几尺布，做一条裤子给他。

　　绕过了莲花池，顺着那条从池边延展开去的小道，他们向前走去。现在小豆的眼睛也不花了，腿也充满了力量。那孩子在蓝色的天空里好像是唱着优美的歌似的。他一路走一路向着草地给草起了各种的名字，他周围的一切在他看来，也都是喧闹的带着各种的声息在等候他的呼应。由于他心脏比平时加快的跳跃，他的嘴唇也像一朵小花似的微微在他脸上突起了一点，还变了一点淡红色。他随处弯着腰，随处把小手指抚压到各种草上。刚一开头时，他是选他喜欢的小花把它摘在手里。开初都是些颜色鲜明的，到后来他就越摘越多，无管什么大的小的黄的紫的或白的……就连野生的大麻果的小黄花，他也摘在手里。可是这条小路是很短的，一走出了小路就是一条黄色飞着灰尘的街道。

"爷爷到哪儿去呢？"小豆抬起他苍白的小脸。

"跟着爷爷走吧。"

往下他也就不问了，好像一条小狗似的跟在爷爷的后边。

市镇的声音闹嚷嚷，在五百步外听到人哄哄得就有些震耳了。祖父心情是烦扰的而也是宁静的。他把他自己沉在一种庄严的喜悦里，他对于孙儿这是第一次想要花费，想要开销一笔钱。他的心上时时活动着一种温暖，很快的这温暖变成了一种体贴。当他看到小豆今天格外快活的样子，他幸福地从眼梢上开启着微笑，小豆的不大健康可爱的小腿，一跳一跳地做出伶俐的姿态来。爷爷几次想要跟他说几句话，但是为了内心的喜爱，他张不开嘴，他不愿意凭空地惊动了那可爱的小羊。等小豆真正地走到市镇上来，小镇的两旁，都是些卖吃食东西的，红山楂片，压得扁扁的黑枣，绿色的橄榄，再过去也是卖吃食东西的。在小豆看来这小镇上，全都是可吃的了。他并没有向爷爷要什么，也不表示他对这吃的很留意，他表面上很平淡的样子就在人缝里往前挤。但心里头，或是嘴里边，随时感到一种例外的从来所未有的感觉。尤其是那卖酸梅汤的，敲着铜花托发出来那清凉的声音。他越听那声音越凉快，虽然不能够端起一碗来就喝下去，但总觉得一看就凉快，可是他又不好意思停下来多看一会，因他平常没有这习惯。他一刻也不敢单独地随心所欲地在那里多停一刻，他总怕有人要打他，但这是在市镇上并非在家里，这里的人多得很，怎能够有人打他呢？这个他自己也不想得

旷野的呼喊·小城三月

十分彻底，是一种下意识的存在。所以跟着爷爷，走到人多
的地方，他竟伸出手来拉着爷爷。卖豌豆的，卖大圆白菜的，
卖青椒的……这些他都没有看见，有一个女人举着一个长杆，
杆子头上挂着各种颜色的绵线。小豆竟被这绵线挂住了颈子。
他神经质地十分恐怖地喊了一声。爷爷把线从他颈子上取下
来，他看到孙儿的眼睛里呈现着一种清明的可爱的过于怜
人的神色。这时小豆听到了爷爷的嘴里吐出来一种带香味的
声音。

"你要吃点什么吗？这粽子，你喜欢吗？"

小豆不知道那是什么东西，也许五六年前他父亲活着时
他吃过，那早就忘了。

爷爷从那瓦盆里提出来一个，是三角的，或者是六角的，
总之在小豆看来这生疏的东西，带着很多尖尖。爷爷问他，
指着瓦盆子旁边在翻开着的锅："你要吃热的吗？"

小豆忘了，那时候是点点头，还是摇摇头。总之他手里
正经提着一个尖尖的小玩意了。

爷爷想要买的东西，都不能买，反正一会回来买，所以
他带的钱只有几个铜板。但是他并不觉得怎样少，他很自满
地向前走着。

小豆的裤子正在屈股上破了一大块，他每向前抬一下腿，
那屁股就有一块微黄色的皮肤透露了一下。这更使祖父对他
起着怜惜。

"这孩子，和三月的小葱似的，只要沾着一点点雨水马上
会起来的……"一想到这里，他就快走了几步，因为过了这
市镇前边是他取钱的地方。

小豆提着粽子还没有打开吃。虽然他在卖粽子的地方，看了别人都是剥了皮吃的，但他到底不能确定，不剥皮是否也可以吃。最后他用牙齿撕破了一个大角，他吃着，吸着，还用两只手来帮着开始吃了。

他那采了满手的野花丢在市镇上，被几百几十人的踏着，而他和爷爷走出市镇了。

走了很多弯路，爷爷把他带到一个好像小兵营的门口。

孩子四外看一看，想不出这是什么地方，门口站着穿大靴子的兵士，头上戴着好像小铁盆似的帽子。他想问爷爷：这是日本兵吗？因为爷爷推着他，让他在前边走，他也就算了。

日本兵刚来到镇上时，小豆常听舅父说"汉奸"，他不大明白，不大知道舅父所说的是什么话，可是日本兵的样子和舅父说的一点也不差，他一看了就害怕。但因为爷爷推着他往前走，他也就进去了。

正是里边吃午饭的时候，日本人也给了他一个饭盒子，他胆怯地站在门边把那一尺来长、三寸多宽的盒子接在手里。爷爷替他打开了，白饭上还有两片火腿这东西，油亮亮的特别香。他从来没见过。因为爷爷吃，他也就把饭吃完了。

他想问爷爷，这是什么地方，在人多的地方，他更不敢说话，所以也就算了。但这地方总不大对，过了不大一会工夫，那边来一个不戴铁帽子也不穿大靴子的平常人，把爷爷招呼着走了。他立时就跟上去，但是被门岗挡住了。他喊：

"爷爷，爷爷。"他的小头盖上冒了汗珠，好像喊着救命似的那么喊着。

等他也跟着走上了审堂室时，他就站在爷爷的背后，还用手在后边紧紧地勾住爷爷的腰带。

这间房子的墙上挂着马鞭，挂着木棍，还有绳子和长杆，还有皮条。地当心还架着两根木头架子，和秋千架子似的环着两个大铁环，环子上系着用来把牛缚在犁杖上那么粗的大绳子。

他听爷爷说"中国"又说"日本"。

问爷爷的人一边还拍着桌子。他看出来爷爷也有点害怕的样子，他就在后边拉着爷爷的腰带。他说：

"爷爷，回家吧。"

"回什么家，小混蛋，他妈的，你家在哪里！"那拍桌子的人就向他拍了一下。

正是这时候，从门口推进大厅来一个和爷爷差不多的老头。戴铁帽子的腰上挂着小刀子（即刺刀）的，还有些穿着平常人的衣裳的。这一群都推着那个老头，老头一边喊着就一边被那些人用绳子吊了上去，就吊在那木头架子上。那老头的脚一边打着旋转，一边就停在空中了。小豆眼看着日本兵从墙上摘下了鞭子。

那孩子并没有听到爷爷说了什么，他好像从舅父那里听来的，中国人到日本人家里就是"汉奸"。于是他喊着："汉奸，汉奸……爷爷回家吧……"

说着躺在地上就大哭起来。因为他拉爷爷，爷爷不动的缘故，他又发了他大哭的脾气。

还没等爷爷回过头来，小豆被日本兵一脚踢到一丈多远的墙根上去。嘴和鼻子立刻流了血，和被损害了的小猫似的，不能证明他还在呼吸没有，可是喊叫的声音一点也没有了。

爷爷站起来，就要去抱他的孙儿。

"混蛋，不能动，你绝不是好东西……"

审问的中国人变了脸色的缘故，脸上的阴影，特别地黑了起来，从鼻子的另一面全然变成铁青了。而后说着日本话。那老头虽然听了许多天了，也一句不懂。只听说"带斯内……带斯内……"日本兵就到墙上去摘鞭子。

那边悬起来的那个人，已开始用鞭子打了。

小豆的爷爷也同样地昏了过去。他的全身没有一点痛的地方。他发了一阵热，又发了一阵冷，就达到了这样一种沉沉静静的境地。一秒钟以前那难以忍受的火刺刺的感觉，完全消逝了，只这么快就忘得干干净净。孙儿怎样，死了还是活着，他不能记起，他好像走到了另一世界，没有痛苦，没有恐怖，没有变动，是一种永恒的。这样他不知过了多久，像海边的岩石，他不能被世界晓得，他是睡在波浪上多久一样。

他刚一明白了过来，全身疲乏得好像刚刚到远处去旅行了一次，口渴，想睡觉，想伸一伸懒腰。但不知为什么伸不开，想睁开眼睛看一看，但也睁不开。他站了好几次，也站不起来。等他的眼睛已能看到他的孙儿，他向着他的方向爬去了。他一点没有怀疑他的孙儿是死了还是活着，他抱起他来，他把孙儿软条条地横在爷爷的膝盖上。

这景况和他昏迷过去的那景况完全不同。挂起来的那老头没有了，那一些周围的沉沉的面孔也都没有了，屋子里安静得连尘土都在他的眼前飞，光线一条条地从窗棂跌进来，

旷野的呼喊·小城三月

尘土在光线里边变得白花花的。他的耳朵里边，起着幽幽的鸣叫。鸣叫声似乎离得很远，又似乎听也听不见了。一切是静的，静得使他想要回忆点什么也不可能。若不是厅堂外那些日本兵的大靴子叮当的响，他真的不能分辨他是处在什么地方了。

孙儿因为病没有病死，还能够让他饿死吗？来时经过那小市镇，祖父是这样想着打算回来时，一定要扯几尺布给他先做一条裤子。

现在小豆和爷爷从那来时走过的市镇上回来了。小豆的鞋子和一棵硬壳似的为着一根带子的连系尚且挂在那细小的腿上，他的屁股露在爷爷的手上。嘴和鼻子上的血尚且没有揩。爷爷的膝盖每向前走一步，那孩子的胳臂和腿也跟着悠荡一下。祖父把孩子拖长地摊展在他的两手上。仿佛在端着什么液体的可以流走的东西，时时在担心他会自然地掉落，可见那孩子绵软到什么程度了。简直和面条一样了。

祖父第一个感觉知道孙儿还活着的时候，那是回到家里，已经摆在炕上，他用手掌贴住了孩子的心窝，那心窝是热的，是跳的，比别的身上其余的部分带着活的意思。

这孩子若是死了好像是应该的，活着使祖父反而把眼睛瞪圆了。他望着房顶，他捏着自己的胡子，他和白痴似的，完全像个呆子了。他怎样也想不明白。

"这孩子还活着吗？唉呀，还有气吗？"

他又伸出手来，触到了那是热的并且在跳，他稍微用一点力，那跳就加速了。

他怕他活转来似的，用一种格外沉重的忌恨的眼光看住他。

直到小豆的嘴唇自动地张合了几下，他才承认孙儿是活了。

他感谢天，感谢佛爷，感谢神鬼。他伏在孙儿的耳朵上，他把嘴压住了那还在冰凉的耳朵："小豆，小豆，小豆，小豆……"

他一连串和珠子落了般地叫着孙儿。

那孩子并不能答应，只像苍蝇咬了他的耳朵一下似的，使他轻轻地动弹一下。

他又连着串叫："小豆，看看爷爷，看……看爷一眼。"

小豆刚把眼睛睁开一道缝，爷爷立刻扑了过去。

"爷……"那孩子很小的声音叫了一声。

这声音多么乖巧，多么顺从，多么柔软。他叫动了爷爷的心窝了。爷爷的眼泪经过了胡子往下滚，没有声音的，和一个老牛哭了的时候一样。

并且爷爷的眼睛特别大，两张小窗户似的。通过了那玻璃般的眼泪而能看得很深远。

那孩子若看到了爷爷这样大的眼睛，一定害怕而要哭起来的。但他只把眼开了个缝而又平平坦坦的昏昏沉沉地睡了。

他是活着的，那小嘴，那小眼睛，小鼻子……

爷爷的血流又开始为着孙儿而活跃，他想起来了。应该把那嘴上的血揩掉，应该放一张凉水浸过的手巾在孙儿的头上。

他开始忙着这个，他心里是有计划的，而他做起来还颠

三倒四，他找不到他自己的水缸，他似乎不认识他已经取在水盆里的是水。他对什么都加以思量的样子，他对什么都像是犹疑不决。他的举动说明着他是个多心的十分有规律地做一件事的人，其他，他都不是，而且正相反，他是为了过度的喜欢，使他把周围的一切都淹没了，都看不见了，而也看不清，他失掉了记忆。恍恍惚惚的，他自己也不知道他自己是怎么着了。

可笑的，他的手里拿着水盆还在四面地找水盆。

他从小地窖里取出一点碎布片来，那是他盗墓子时拾得的死人的零碎的衣裳，他点了一把火，在灶口把它烧成了灰。把灰拾起来放在饭碗里，再浇上一点冷水，而后用手指捏着摊放在小豆的心口上。

传说这样可以救命。

左近一切人家都睡了的时候，祖父仍在小灶腔里燃着火，仍旧煮绿豆汤……

他把木板碗橱拆开来烧火，他举起斧子来。听到炕上有哼声他就把斧子抬得很高很高地举着而不落。

"他不能死吧？"他想。

斧子的响声脆快得很，一声声地在劈着黑沉沉的夜。

"爷……"里边的孩子又叫了爷爷一声。

爷爷走进去低低地答应着。

过一会又喊着，爷爷又走进去，低低地答应着。接着他就翻了一个身喊了一声，那声音是急促的，微弱地接着又喊了几声，那声音越来越弱。声音松散的，几乎听不出来喊的是爷爷。不过在爷爷听来就是喊着他了。

鸡鸣是报晓了。

莲花池的小虫子们仍旧唧唧地叫着……间或有青蛙叫了一阵。

无定向的，天边上打着露水闪。

那孩子的性命，谁知道会继续下去，还是会断绝的？

露水闪不十分明亮，但天上的云也被它分得远近和种种的层次来，而那莲花池上小豆所最喜欢的大绿豆青蚂蚱，也一闪一闪地在闪光里出现在莲花叶上。

小豆死了。

爷爷以为他是死了。不呼吸了，也不叫……没有哼声，不睁眼睛，一动也不动。

爷爷劈柴的斧子，在门外举起来而落不下去了。他把斧子和木板一齐安安然然地放在地上，静悄悄地靠住门框他站着了。

他的眼光看到了墙上活动着的蜘蛛，看到了沉静的蛛网，又看到了地上三条腿的板凳，看到了掉了底的碗橱，看到了儿子亲手结的挂艾蒿的悬在房梁上的绳子，看到了灶腔里跳着的火。

他的眼睛是从低处往高处看，看了一圈，而后还落到低处。但他就不见他的孙儿。

而后他把眼睛闭起来了，他好似怕那闪闪耀耀的火光会迷了他的眼睛。他闭了眼睛是表示他对了火关了门。他看不到火了。他就以为火也看不到他了。

可是火仍看得到他，把他的脸炫耀得通红，接着他就把通红的脸埋没到自己阔大的胸前，而后用两只袖子包围起来。

然而他的胡子梢仍没有包围住，就在他一会高涨，一会

低抽的胸前骚动……他喉管里像吞住一颗过大的珠子，时上时下地而咕噜咕噜的在鸣，而且喉管也和泪线一样起着暴痛。

这时候莲花池仍旧是莲花池。露水闪仍旧不断的闪合。鸡鸣远近都有了。

但在莲花池的旁边，那灶口生着火的小房子门口，却划着一个黑大的人影。

那就是小豆的祖父。

一九三九年五月十六日嘉陵江居

孩子的讲演

　　这一个欢迎会，出席的有五六百人，站着的，坐着的，还有挤在窗台上的。这些人多半穿着灰色的制服。因为除了教授之外，其余的都是这学校的学生。而被欢迎的则是另外一批人。这小讲演者就是被欢迎之中的一个。

　　第一个上来了一个花胡子的，两只手扶着台子的边沿，好像山羊一样，他垂着头讲话。讲了一段话，而后把头抬了一会，若计算起来大概有半分钟。在这半分钟之内，他的头特别向前伸出，会叫人立刻想起在图画上曾看过的长颈鹿。等他的声音再一开始，连他的颈子，连他额角上的皱纹都一齐摇震了一下，就像有人在他的背后用针刺了他的样子。再说他的花胡子，虽然站在这大厅的最后的一排，也能够看到是已经花的了。因为他的下巴过于喜欢运动，那胡子就和什么活的东西挂在他的下巴上似的，但他的胡子可并不长。

　　"他……那人说的是什么？为什么这些人都笑！"

　　在掌声中人们就笑得哄哄的，也用脚擦着地板。因为这

大厅四面都开着窗子，外边的风声和几百人的哄声，把别的一切会发响的都止息了，咳嗽声，剥着落花生的声音，还有别的窸窸窣窣地从群众发出来的特有的声音，也都听不见了。

当然那孩子问的也没有人听见。

"告诉我！笑什么……笑什么……"他拉住了他旁边的那女同志，他摇着她的胳臂。

"可笑呵……笑他滑稽，笑他那样子。"那女同志一边用手按住嘴，一边告诉那孩子，"你看吧……在那边，在那个桌子角上还没有坐下来呢……他讲演的时候，他说日本人呵哈你们说，你们说……中国人呵哈，你们说，你们说……高丽人呵哈……你们说，'你们说……你们说，你们说'。他说了一大串呀……"

那孩子起来看看，他是这大厅中最小的一个，大概也没看见什么，就把手里剥好的花生米放在嘴里，一边嚼着一边拍着那又黑又厚的小肥手掌。等他团体里的人叫着。

"王根！小王根……"他才缩一缩脖颈，把眼睛往四边溜一下，接着又去吃落花生，吃别的在风沙地带所产的干干的果子，吃一些混着沙土的点心和芝麻糖。

王根他记得从出生以来，还没有这样大量地吃过。虽然他从加入了战地服务团，在别处的晚会或欢迎会上也吃过糖果，但没有这样多并且也没有这许多人，所以他回想着刚才他排着队来赴这个欢迎会路上的情景。他越想越有意思。比方那高高的城门楼子，走在城门楼子里说话那种空洞的声音，一出城门楼子，就看到那么一个圆圆的月亮，而且可以随时听到满街的歌声。这些歌子他也都会唱。并且他还骄傲着，他觉得他所会的歌比他所听到的还多着哩！他还会唱小曲子，还会打莲花落……这些都是来到战地服务团里学的。

"……别看我年纪小，抗日的道理可知道得并不少……唪登唪……唪登唪……"他在冒着尘土的队尾上，偷着用脚尖转了个圈，他一边走路一边作着唱莲花落时的姿式。

现在他又吃着这许多东西，又看着这许多人。他的柔和的眼光，好像幼稚的兔子在它幸福饱满的时候所发出的眼光一样。

讲演者一个接着一个，女讲演者，老讲演者，多数的是年青的讲演者。

由于开着窗子和门的关系，所有的讲演者的声音，都不十分响亮，平凡的，拖长的……因为那些所讲的悲惨的事情都没有变样，一个说日本帝国主义，另一个也说日本帝国主义。那些过于庄严的脸孔，在一个欢迎会是不大相宜。只有蜡烛的火苗抖擞得使人起了一点宗教感，觉得客人和主人都是虔诚的。

被欢迎的宾客是一个战地服务团。当那团里的几个代表讲演完毕，一阵暴风雨似的掌声。不知道是谁提议叫孩子王根也走上讲台。

王根发烧了，立刻停止了所吃的东西，血管里的血液开始不平凡地流动起来。好像全身就连耳朵都侵进了虫子，热，昏花。他对自己的讲演，平常很有把握，在别的地方也说过几次话，虽然不能够证明自己的声音太小，但是并不恐惧。就像在台上唱莲花落时一样没有恐惧。这次他也并不是恐惧，因为这地方人多，又都是会讲演的，他想他特别要说得

旷野的呼喊·小城三月

好一点。

他没有走上讲台去，人们就使他站上他的木凳。

于是王根站上了自己的木凳。

人们一看到他就喜欢他。他的小脸一边圆圆的红着一块，穿着短小的，好像小兵似的衣服，戴着灰色的小军帽。他一站上木凳来，第一件事是把手放在帽沿前行着军人的敬礼。而后为着稳定一下自己，他还稍稍地站了一会，还向四边看看。他刚开口，人们禁止不住对他贯注的热情就笑了起来。这种热情并不怎样尊敬他，多半把他看成一个小玩物，一种蔑视的爱起浮在这整个的大厅。

"你也会讲演吗，你这孩子……你这小东西……"人们都用这种眼光看着他，并且张着嘴，好像要吃了他。他全身都热起来了。

王根刚一开始，就听到周围哄哄的笑声，他把自己检点了一下：

"是不是说错啦？"因为他一直还没有开口。

他证明自己没有说错，于是，接着说下去，他说他家在赵城……

"我离开家的时候，我家还剩三个人，父亲、母亲和妹妹，现在赵城被敌人占了，家里还有几个，我就不知道了。我跑到服务团来，父亲还到服务团来找我回家。他说母亲让我回去，母亲想我。我不回去，我说日本鬼子来把我杀了，还想不想？我就在服务团里当了勤务，我太小，打日本鬼子不分男女老幼。我当勤务，在宣传的时候，我也上台唱莲花落……"

又当勤务，又唱莲花落，不但没有人笑，不知为什么反而平静下去，大厅中人们的呼吸和游丝似的轻微。蜡烛在每张桌上抖擞着，人们之中有的咬着嘴唇，有的咬着指甲，有的把眼睛掠过人头而投视着窗外。站在后边的那一堆灰色的人，就像木刻图上所刻的一样，笨重，粗糙，又是完全一类型。他们的眼光都像反映在海面上的天空那么深沉，那么无底。窗外则站着更冷静的月亮。

那稀薄的白色的光，扫遍着全院子房顶，就是说扫遍了全个学校的校舍。它停在古旧的屋瓦上，停在四周的围墙上。在风里边卷着的沙土和寒带的雪粒似的，不住地扫着墙根，扫着纸窗，有时更弥补了阶前房后不平的坑坑洼洼。

一九三〇年的春天，月亮行走在山西的某一座城上，它和每年的春天一样。但是今夜它在一个孩子的面前做了一个伟大的听众。

那稀薄的白光就站在门外五尺远的地方，从房檐倒下来的影子，切了整整齐齐的一排花纹横在大厅的后边。

大厅里像排着什么宗教的仪式。

小讲演者虽然站在凳子上，并不比人高出多少。

"父亲让我回家，我不回家，让我回家，我……我不回家……我就在服务回里当了勤务，我就当了服务团里的勤务。"

他听到四边有猛烈的鼓掌的声音，向他潮水似的涌来，他就心慌起来，他想他的讲演还没有完，人们为什么鼓掌？或者是说错了！又想，没有错，还不是有一大段吗？还不是有日本帝国主义没有加上吗？他特别用力镇定自己，把手插在口袋去，他的肚子好像胀了起来，向左边和右边摇了几下，小嘴好像含着糖球涨得圆圆的。

"我当了勤务……当了服务团里的勤务……我……我……"

人们接着掌声，就来了笑声，笑声又接起着掌声。王根说不下去了。他想一定是自己出了笑话，他要哭：他想马上发现出自己的弱点以便即刻纠正。但是不成，他只能在讲完之后，才能检点出来，或者是衣服的不齐整，或者是自己的呆样子。他不能理解这笑是人们对他多大的爱悦。

"讲下去呀！王根……"

他本团的同志喊着他。

"日本帝国主义……日本鬼子。"他就像喝过酒的孩子，从木凳上跌落下来的一样。

他的眼泪已经浸上了睫毛，他什么也看下见，他不知道他是站在什么地方，他不知道他自己是在做什么。他觉得就像玩着的时候，从高处跌落下来一样的瘫软，他觉得自己的手肥大到可怕而不动的程度。当他用手背揩抹着滚热的眼泪的时候。

人们的笑声更不可制止。看见他哭了。

王根想：这讲演是失败了，完了，光荣在他完全变成了懊悔，而且是自己破坏了自己的光荣。他没有勇气再作第三次的修正，他要从木凳坐下来。他刚一开始弯曲他的膝盖，就听到人们向他呼喊。

"讲得好，别哭啊……再讲再讲……没有完，没有完……"

其余的别的安慰他的话，他就听不见了。他觉得这都是嘲笑。于是更感到自己的耻辱，更感到不可逃避，他几乎哭出声来，他便跌到不知道是什么人的怀里大哭起来。

这天晚上的欢迎会，一直继续到半夜。

王根再也不吃摆在他面前的糖果了。他把头压在桌边上，就像小牛把头撞在栏栅上那么粗蛮，他手里握着一个红色上面带着黄点的山楂。那山楂就像用热水洗过的一样。当他用右手抹着眼泪的时候，那小果子就在左手的手心里冒着气，当他用左手抹着眼泪的时候，那山楂就在他右手的手心里冒着气。

为什么人家笑呢？他自己还不大知道，大概是自己什么地方说错了，可是又想不起来。好比家住在赵城，这没有错。来到服务团，也没有错。当了勤务也没有错，打倒日本帝国主义也没说错……这他自己也不敢确信了。因为那时候在笑声中，把自己实在闹昏了。

退出大厅时，王根照着来时的样子排在队尾上，这回在路上他没有唱莲花落，他也没有听到四处的歌声。但也实在是静了。只有脚下踢起来的尘土还是冒着烟儿的。

这欢迎会开过了，就被人们忘记了，若不去想，就像没有这么回事存在过。

可是在王根，一个礼拜之内，他常常从夜梦里边坐起来。但永远梦到他讲演，并且每次讲到他当勤务的地方，就讲不下去了。于是他怕，他想逃走，可是总逃走不了，于是他叫喊着醒来了。和他同屋睡觉的另外两个比他年纪大一点的小勤务的鼾声，证明了他自己也和别人一样地在睡觉，而不是在讲演。

但是那害怕的情绪，把他在小床上缩做了一个团子，就仿佛在家里的时候，为着夜梦所恐惧缩在母亲身边一样。

　　"妈妈……"这是他往日在自己做孩子时候的呼喊。

　　现在王根一点声音也没有就又睡了。虽然他才九岁，因为他做了服务团的勤务，他就把自己也变作大人。

一九三八年十月

小城三月

一

三月的原野已经绿了，像地衣那样绿，透出在这里，那里。郊原上的草，是必须转折了好几个弯儿才能钻出地面的，草儿头上还顶着那胀破了种粒的壳，发出一寸多高的芽子，欣幸地钻出了土皮。放牛的孩子在掀起了墙脚下面的瓦时，找到了一片草芽子，孩子们回到家里告诉妈妈，说："今天草芽出土了！"妈妈惊喜地说："那一定是向阳的地方！"抢根菜的白色的圆石似的籽儿在地上滚着，野孩子一升一斗地在拾着。蒲公英发芽了，羊咩咩地叫，乌鸦绕着杨树林子飞。天气一天暖似一天，日子一寸一寸的都有意思。杨花满天照地飞，像棉花似的。人们出门都是用手捉着，杨花挂着他了。草和牛粪都横在道上，放散着强烈的气味。远远的有用石子打船的声音，"空空……"的大声传来。

河冰发了，冰块顶着冰块，苦闷地又奔放地向下流。乌鸦站在冰块上寻觅小鱼吃，或者是还在冬眠的青蛙。

天气突然的热起来，说是"二八月，小阳春"，自然冷天

旷野的呼喊·小城三月

气要来的，但是这几天可热了。春带着强烈的呼唤从这头走
到那头……

小城里被杨花给装满了，在榆钱还没变黄之前，大街小
巷到处飞着，像纷纷落下的雪块……

春来了。人人像久久等待着一个大暴动，今天夜里就要
举行，人人带着犯罪的心情，想参加到解放的尝试……春吹
到每个人的心坎，带着呼唤，带着蛊惑……

我有一个姨，和我的堂哥哥大概是恋爱了。

姨母本来是很近的亲属，就是母亲的姊妹。但是我这个
姨，她不是我的亲姨，她是我的继母的继母的女儿。那么她
可算与我的继母有点血统的关系了，其实也是没有的。因为
我这个外祖母是在已经做了寡妇之后才来到我外祖父家，翠
姨就是这个外祖母原来在另外的一家所生的女儿。

翠姨还有一个妹妹，她的妹妹小她两岁，大概是十七八
岁，那么翠姨也就十八九岁了。

翠姨生得并不是十分漂亮，但是她长得窈窕，走起路来
沉静而且漂亮，讲起话来清楚地带着一种平静的感情。她伸
手拿樱桃吃的时候，好像她的手指尖对那樱桃十分可怜的样
子，她怕把它触坏了似的轻轻地捏着。

假若有人在她的背后唤她一声，她若是正在走路，她就
会停下了；若是正在吃饭，就要把饭碗放下，而后把头向着
自己的肩膀转过去，而全身并不大转，于是她自觉地闭合着
嘴唇，像是有什么要说而一时说不出来似的……

而翠姨的妹妹，忘记了她叫什么名字，反正是一个大说
大笑的，不十分修边幅，和她的姐姐完全不同。花的绿的，

红的紫的，只要是市上流行的，她就不大加以选择，做起一件衣服来赶快就穿在身上。穿上了而后，到亲戚家去串门，人家恭维她的衣料怎样漂亮的时候，她总是说，和这完全一样的，还有一件，她给了她的姐姐了。

我到外祖父家去，外祖父家里没有像我一般大的女孩子陪着我玩，所以每当我去，外祖母总是把翠姨喊来陪我。

翠姨就住在外祖父的后院，隔着一道板墙，一招呼，听见就来了。

外祖父住的院子和翠姨住的院子，虽然只隔一道板墙，但是却没有门可通，所以还得绕到大街上去从正门进来。

因此有时翠姨先来到板墙这里，从板墙缝中和我打了招呼，而后回到屋去装饰了一番，才从大街上绕了个圈来到她母亲的家里。

翠姨很喜欢我，因为我在学堂里念书，而她没有，她想什么事我都比她明白。所以，她总是有许多事务同我商量，看看我的意见如何。

到夜里，我住在外祖父家里了，她就陪着我也住下。

每每睡下就谈，谈过了半夜，不知为什么总是谈不完……

开初谈的是衣服怎样穿，穿什么样颜色，穿什么样的料子。比如走路应该快或是应该慢。有时，白天里她买了一个别针，到夜里她拿出来看看，问我这别针到底是好看或是不好看。那时候，大概是十五年前的时候，我们不知城外如何装扮一个女子，而在这个城里，几乎个个都有一条宽大的绒绳结的披肩，蓝的紫的，各色的也有，但最多多不过枣红色的。几乎在街上所见的都是枣红色的大披肩了。

哪怕红的绿的那么多，但总没有枣红色的最流行。

翠姨的妹妹有一条，翠姨有一条，我的所有的同学，几乎每人都有一条。就连素不考究的外祖母的肩上也披着一条，只不过披的是蓝色的，没有敢用最流行的枣红色的就是了。因为她总算年纪大了一点，对年轻人让了一步。

还有那时候都流行穿绒绳鞋，翠姨的妹妹就赶快地买了穿上，因为她那个人很粗心大意，好坏她不管，只是人家有她也有，别人是人穿衣裳，而翠姨的妹妹就好像被衣服所穿了似的，芜芜杂杂。但永远合乎着应有尽有的原则。

翠姨的妹妹的那绒绳鞋，买来了，穿上了。在地板上跑着，不大一会工夫，那每只鞋脸上系着的一只毛球，竟有一个毛球已经离开了鞋子，向上跳着，只还有一根绳连着，不然就要掉下来了。很好玩的，好像一颗大红枣被系到脚上去了。因为她的鞋子也是枣红色的，大家都在嘲笑她的鞋子一买回来就坏了。

翠姨，她没有买，也许她心里边早已经喜欢了，但是看上去她都像反对似的，好像她都不接受。

她必得等到许多人都开始采办了，这时候，看样子她才稍稍有些动心。

好比买绒绳鞋，夜里她和我谈话问过我的意见，我也说是好看的，我有很多的同学她们也都买了绒绳鞋。

第二天，翠姨就要求我陪着她上街，先不告诉我去买什么，进了铺子选了半天别的，才问到我绒绳鞋。

走了几家铺子，都没有，都说是已经卖完了。我晓得店铺的人是这样瞎说的，表示他这家店铺平常总是最丰富的，只恰巧你要的这件东西，他就没有了。我劝翠姨说，咱们慢慢的走，别家一定会有的。

我们坐马车从街梢上的外祖父家来到街中心的。

见了第一家铺子，我们就下了马车。不用说，马车我们已经是付过了价钱的。等我们买好了东西回来的时候，会另外叫一辆的，因为我们不知道要等多久。

大概看见什么好，虽然不需要也要买点；或是东西已经买全了，不必要再多流连，也要流连一会；或是买东西的目的，本来只在一双鞋，而结果鞋子没有买到，反而罗里罗嗦地买回来许多用不着的东西。

这一天，我们辞退了马车，进了第一家店铺。

在别的大城市里没有这种情形，而在我家乡里往往是这样，坐了马车，虽然是付过了钱，让他自由去兜揽生意，但他常常还仍旧等候在铺子的门外。等一出来，他仍旧请你坐他的车。

我们走进第一个铺子，一问没有。于是就看了些别的东西，从绸缎看到呢绒，从呢绒再看到绸缎，布匹是根本不看的，并不像母亲们进了店铺那样子，这个买去做被单，那个买去做棉袄的，因为我们管不了被单棉袄的事。母亲们一月不进店铺，一进店铺又是这个便宜应该买；那个不贵，也应该买。比方一块在夏天才用得着的花洋布，母亲们冬天里就买起来了，说是趁着便宜多买点，总是用得着的。而我们就不然了，我们是天天进店铺的，天天搜寻些个是好看的，是贵的值钱的，平常时候绝对的用不到想不到的。

那一天，我们买了许多花边回来，钉着光片的，带着琉

璃的。说不上要做什么样的衣服才配得着这种花边，也许根本没有想到做衣服，就贸然地把花边买下了。一边买着，一边说好，翠姨说好，我也说好。到后来，回到家里，当众打开了让大家评判，这个一言，那个一语，让大家说得也有点没有主意了，心里已经五六分空虚了。于是赶快地收拾了起来，或者从别人的手里夺过来，把它包起来，说她们不识货，不让她们看了。

勉强说着：

"我们要做一件红金丝绒的袍子，把这个黑琉璃边镶上。"

或："这红的我们送人去……"

说虽仍旧如此说，心里已经八九分空虚了，大概是这些所心爱的，从此就不会再出头露面的了。

在这小城里，商店究竟没有多少，到后来又加上看不到绒绳鞋，心里着急，也许跑得更快些。不一会工夫，只剩了三两家了。而那三两家，又偏偏是不常去的，铺子小，货物少。想来它那里也是一定不会有的了。

我们走进一个小铺子里去，果然有三四双，非小即大，而且颜色都不好看。

翠姨有意要买，我就觉得奇怪，原来就不十分喜欢，既然没有好的，又为什么要买呢？让我说着，没有买成回家去了。

过了两天，我把买鞋子这件事情早忘了。

翠姨忽然又提议要去买。

从此我知道了她的秘密，她早就爱上了那绒绳鞋了，不过她没有说出来就是了。她的恋爱的秘密就是这样子的，她似乎要把它带到坟墓里去，一直不要说出口，好像天底下没有一个人值得听她的告诉……

在外边飞着满天的大雪，我和翠姨坐着马车去买绒绳鞋。我们身上围着皮褥子，赶车的车夫高高地坐在车夫台上，摇晃着身子，唱着沙哑的山歌："喝咧咧……"耳边的风呜呜地啸着，从天上倾下来的大雪，迷乱了我们的眼睛，远远的天隐在云雾里，我默默地祝福翠姨快快买到可爱的绒绳鞋，我从心里愿意她得救……

市中心远远地朦朦胧胧地站着，行人很少，全街静悄无声。我们一家挨一家地问着，我比她更急切，我想赶快买到吧，我小心地盘问着那些店员们，我从来不放弃一个细微的机会，我鼓励翠姨，没有忘记一家。使她都有点儿诧异，我为什么忽然这样热心起来。但是我完全不管她的猜疑，我不顾一切地想在这小城里面，找出一双绒绳鞋来。

只有我们的马车，因为载着翠姨的愿望，在街上奔驰得特别的清醒，又特别的快。雪下得更大了，街上什么人都没有了，只有我们两个人，催着车夫，跑来跑去。一直到天都很晚了，鞋子没有买到，翠姨深深地看到我的眼睛说："我的命，不会好的。"我很想装出大人的样子，来安慰她，但是没有等到找出什么适当的话来，泪便流出来了。

二

翠姨以后也常来我家住着，是我的继母把她接来的。

因为她的妹妹订婚了，怕是她一旦的结了婚，忽然会剩下她一个人来，使她难过。因为她的家里并没有多少人，只有她的一个六十多岁的老祖父，再就是一个也是寡妇的伯母，带一个女儿。

堂妹妹本该在一起玩耍解闷的，但是因为性格相差太远，一向是水火不同炉地过着日子。

她的堂妹妹，我见过，永久是穿着深色的衣裳，黑黑的脸，一天到晚陪着母亲坐在屋子里。母亲洗衣裳，她也洗衣裳；母亲哭，她也哭。也许她帮着母亲哭她死去的父亲，也许哭的是她们的家穷。那别人就不晓得了。

本来是一家的女儿，翠姨她们两姊妹却像有钱的人家的小姐，而那个堂妹妹，看上去却像个乡下丫头。这一点，使她得到常常到我们家里来住的权利。

她的亲妹妹订婚了，再过一年就出嫁了。在这一年中，妹妹大大的阔气了起来，因为婆家那方面一订了婚就送来了聘礼。这个城里，从前不用大洋票，而用的是广信公司出的贴子，一百吊一千吊的论。她妹妹的聘礼大概是几万吊，所以她忽然不得了起来，今天买这样，明天买那样，花别针一个又一个的，丝头绳一团一团的，带穗的耳坠子，洋手表，样样都有了。每逢上街的时候，她和她姐姐一道，现在总是她付车钱了。她的姐姐要付，她却百般的不肯，有时当着人面，姐姐一定要付，妹妹一定不肯，结果闹得很窘，姐姐无形中觉得一种权利被人剥压了。

但是关于妹妹的订婚，翠姨一点也没有羡慕的心理。妹妹未来的丈夫，她是看过的，没有什么好看，很高，穿着蓝袍子黑马褂，好像商人，又像一个小土绅士。又加上翠姨太年轻了，想不到什么丈夫，什么结婚。

因此，虽然妹妹在她的旁边一天比一天丰富起来，妹妹是有钱了，但是妹妹为什么有钱的，她没有考查过。

所以当妹妹尚未离开她之前，她绝对的没有重视"订婚"的事。

不过她常常地感到寂寞。她和妹妹出来进去的，因家庭环境孤寂，竟好像一对双生子似的，而今去了一个，不但翠姨自己觉得单调，就是她的祖父也觉得她可怜。

所以自从她的妹妹嫁了人，她不大回家，总是住在她的母亲的家里。有时我的继母也把她接到我们家里。

翠姨非常聪明，她会弹大正琴，就是前些年所流行在中国的一种日本琴。她还会吹箫或是会吹笛子。不过弹那琴的时候却很多。住在我家里的时候，我家的伯父，每在晚饭之后必同我们玩这些乐器的。笛子、箫、日本琴、风琴、月琴，还有什么打琴。真正的西洋的乐器，可一样也没有。

在这种正玩得热闹的时候，翠姨也来参加了。翠姨弹了一个曲子，和我们大家立刻就配合上了。于是大家都觉得在我们那已经天天闹熟了的老调子之中，又多了一个新的花样。于是立刻我们就加倍的努力，正在吹笛的把笛子吹得特别响，把笛膜震抖得似乎就要爆炸了似的，滋滋地叫着。十岁的弟弟在吹口琴，他摇着头，好像要把那口琴吞下去似的，至于他吹的是什么调子，已经是没有人留意了。在大家忽然来了勇气的时候，似乎只需要这种胡闹。

而那按风琴的人，因为越按越快，到后来也许是已经找不到琴键了，只是那踏脚板越踏越快，踏得呜呜地响，好像有意要毁坏了那风琴，而想把风琴撕裂了一般的。

大概所奏的曲子是"梅花三弄"，也不知道接连的弹过了多少圈，看大家的意思都不想要停下来。不过到了后来，实在是气力没有了，找不着拍子的找不着拍子，跟不上调的跟不上调，于是在大笑之中，大家停下来了。

不知为什么，在这么快乐的调子里边，大家都有点伤心，也许是乐极生悲了，把我们都笑得流着眼泪，一边还笑。

正在这时候，我们往门窗一看，我的最小的小弟弟，刚会走路，他也背着一个很大的破手风琴来参加了。

谁都知道，那手风琴从来也不会响的。把大家笑死了。在这回得到了快乐。

我的哥哥（伯父的儿子，钢琴弹得很好）吹箫吹得最好，这时候他放下了箫，对翠姨说："你来吹吧！"翠姨却没有言语，站起身来，跑到自己的屋子去了，我的哥哥好久好久的看住那帘子。

三

翠姨在我家，和我住一个屋子。月明之夜，屋子照得通亮。翠姨和我谈话，往往谈到鸡叫，觉得也不过刚刚才半夜。

鸡叫了，才说："快睡吧，天亮了。"

有的时候，一转身，她又问我：

"是不是一个人结婚太早不好，或许是女孩子结婚太早是不好的！"

我们以前谈了很多话，但没有谈到这些。

总是谈什么衣服怎样穿，鞋子怎样买，颜色怎样配；买了毛线来，这毛线应该打个什么样的花纹；买了帽子来，应该评判这帽子还微微有缺点，这缺点究竟在什么地方，虽然说是不要紧，或者是一点关系也没有，但批评总是要批评的。

有时再谈得远一点，就表姊表妹之类订了婆家，或什么亲戚的女儿出嫁了，或是什么耳闻的，听说的，新娘子和新姑爷闹别扭之类。

那个时候，我们的县里早就有了洋学堂了。小学好几个，

大学没有。只有一个男子中学，往往成为谈论的目标。谈论这个，不单是翠姨，外祖母、姑姑、姐姐之类，都愿意讲究这当地中学的学生。因为他们一切洋化，穿着裤子，把裤腿卷起来一寸，一张口，"格得毛宁"外国话，他们彼此一说话就"答答答"，听说这是什么俄国话。而更奇怪的是他们见了女人不怕羞，这一点，大家都批评说是不如从前了。从前的书生，一见了女人脸就红。

我家算是最开通的了。叔叔和哥哥他们都到北京和哈尔滨那些大地方去读书了，他们开了不少的眼界。回到家里来，大讲他们那里都是男孩子和女孩子同学。

这一题目，非常的新奇，开初都认为这是造了反。后来因为叔叔也常和女同学通信，因为叔叔在家庭里是有点地位的人。并且父亲从前也加入过国民党，革过命，所以这个家庭都"咸与维新"起来。

因此在我家里，一切都是很随便的，逛公园，正月十五看花灯，都是不分男女，一齐去。

而且我家里设了网球场，一天到晚地打网球，亲戚家的男孩子来了，我们也一齐的打。

这都不谈，仍旧来谈翠姨。

翠姨听了很多的故事。关于男学生结婚的事情，就是我们本县里，已经有几件事情不幸的了。有的结婚了，从此就不回家了；有的娶来了太太，把太太放在另一间屋子里住着，而且自己却永久住在书房里。

每逢讲到这些故事时，多半别人都是站在女的一边，说那男子都是念书念坏了，一看了那不识字的又不是女学生之类就生气，觉得处处都不如他。天天总说婚姻不自由，可是自古至今，都是爹许娘配的，偏偏到了今天，都要自由。看吧，这还没有自由呢，就先来了花头故事了，娶了太太的不回家，或是把太太放在另一个屋子里。这些都是念书念坏了的。

翠姨听了许多别人家的评论。大概她心里边也有些不平，她就问我不读书是不是很坏的，我自然说是很坏的。而且她看了我们家里男孩子、女孩子通通到学堂去念书的。而且我们亲戚家的孩子也都是读书的。

因此她对我很佩服，因为我是读书的。

但是不久，翠姨就订婚了。就是她妹妹出嫁不久的事情。

她的未来的丈夫，我见过，在外祖父的家里。人长得又矮又小，穿一身蓝布棉袍子，黑马褂，头上戴一顶赶大车的人所戴的四耳帽子。

当时翠姨也在的，但她不知道那是她的什么人，她只当是哪里来了这样一位乡下的客人。外祖母偷着把我叫过去，特别告诉了我一番，这就是翠姨将来的丈夫。

不久翠姨就很有钱。她的丈夫的家里，比她妹妹丈夫的家里还更有钱得多。婆婆也是个寡妇，守着个独生的儿子。儿子才十七岁，是在乡下的私学馆里读书。

翠姨的母亲常常替翠姨解说，人小点不要紧，岁数还小呢，再长上两三年两个人就一般高了。劝翠姨不要难过，婆家有钱就好的。聘礼的钱十多万都交过来了，而且就由外祖母的手亲自交给了翠姨；而且还有别的条件保障着，那就是说，三年之内绝对不准娶亲，藉着男的一方面年纪太小为辞，翠姨更愿意远远的推着。

翠姨自从订婚之后，是很有钱的了，什么新样子的东西一到，虽说不是一定抢先去买了来，总是过不了多久，箱子里就要有的了。那时候夏天最流行银灰色市布大衫，而翠姨穿起来最好，因为她有好几件，穿过两次不新鲜就不要了，就只在家里穿，而出门就又去做一件新的。

那时候正流行着一种长穗的耳坠子，翠姨就有两对：一对红宝石的，一对绿的。而我的母亲才能有两对，而我才有一对。可见翠姨是顶阔气的了。

还有那时候就已经开始流行高跟鞋了。可是在我们本街上却不大有人穿，只有我的继母早就开始穿，其余就算是翠姨。并不是一定因为我的母亲有钱，也不是因为高跟鞋一定贵，只是女人们没有那么摩登的行为，或者说她们不很容易接受新的思想。

翠姨第一天穿起高跟鞋来，走路还很不安定，但到第二天就比较的习惯了。到了第三天，就说以后，她就是跑起来也是很平稳的，而且走路的姿态更加可爱了。

我们有时也去打网球玩玩，球撞到她脸上的时候，她才用球拍遮了一下，否则她半天也打不到一个球。因为她一上了场，站在白线上就是白线上，站在格子里就是格子里，她根本不动。有的时候她竟拿着网球拍子站着一边去看风景去了。尤其是大家打完了网球，吃东西的吃东西去了，洗脸的洗脸去了。惟有她一个人站在短篱前面，向着远远的哈尔滨市影痴望着。

有一次我同翠姨一同去做客。我继母的族中娶媳妇。她们是八旗人，也就是满人。满人讲究场面呢，所有的族中的年轻的媳妇都必得到场，而且个个打扮得如花似玉。似乎咱们中国的社会，是没这么繁华的社交的场面的，也许那时候，我是小孩子，把什么都看得特别繁华。就只说女人们的衣服吧，就个个都穿得和现在西洋女人在夜总会里边那么庄严，一律都穿着绣花大袄。而她们是八旗人，大袄的襟下一律的没有开口，而且很长。大袄的颜色枣红的居多，绛色的也有，玫瑰紫色的也有。而那上边绣的颜色，有的荷花，有的玫瑰，有的松竹梅，一句话，特别的繁华。

她们的脸上都擦着白粉，她们的嘴上都染得桃红。

每逢一个客人到了门前，她们是要列着队出来迎接的，她们都是我的舅母，一个一个地上前来问候了我和翠姨。

翠姨早就熟识她们的，有的叫表嫂子，有的叫四嫂子。而在我，她们就都是一样的，好像小孩子的时候，所玩的用花纸剪的纸人，这个和那个都是一样，完全没有分别。都是花缎袍子，都是白白的脸，都是很红的嘴唇。

就是这一次，翠姨出了风头了，她进到屋里，靠着一张大镜子旁坐下了。女人们就忽然都上前来看她，也许她从来没有这么漂亮过，今天把别人都惊住了。

依我看，翠姨还没有她从前漂亮呢，不过她们说翠姨漂亮得像棵新开的腊梅。翠姨从来不搽胭脂的，而那天又穿了一件为着将来做新娘子而准备的蓝色缎子满是金花的夹袍。

翠姨让她们围起看着，难为情了起来，站起来想要逃掉似的，迈着很勇敢的步子，茫然地往里边的房间里闪开了。

谁知那里边就是新房呢，于是许多的嫂嫂就哗然地叫着，说：

　　"翠姐姐不要急，明年就是个漂亮的新娘子，现在先试试去。"

　　当天吃饭饮酒的时候，许多客人从别的屋子来呆呆地望着翠姨。翠姨举着筷子，似乎是在思量着，保持着镇静的态度，用温和的眼光看着她们。仿佛她不晓得人们专门在看着她似的。但是别的女人们羡慕了翠姨半天了，脸上又都突然的冷落起来，觉得有什么话要说，又都没有说，然后彼此对望，笑了一下，吃菜了。

四

有一年冬天，刚过了年，翠姨就来到了我家。

伯父的儿子——我的哥哥，就正在我家里。

我的哥哥，人很漂亮，很直的鼻子，很黑的眼睛，嘴也好看，头发也梳得好看，人很长，走路很爽快。大概在我们所有的家族中，没有这么漂亮的人物。

冬天，学校放了寒假，所以来我们家里休息。大概不久，学校开学就要上学去了。哥哥是在哈尔滨读书。

我们的音乐会，自然要为这新来的角色而开了，翠姨也参加的。

于是非常的热闹，比方我的母亲，她一点也不懂这行，但是她也列了席，她坐在旁边观看。连家里的厨子、女工，都停下了工作来望着我们，似乎他们不是听什么乐器，而是在看人。我们聚满了一客厅。这些乐器的声音，大概很远的邻居都可以听到。

第二天邻居来串门的，就说：

旷野的呼喊·小城三月

"昨天晚上，你们家又是给谁祝寿？"

我们就说，是欢迎我们的刚到的哥哥。因此，我们家是很好玩的，很有趣的。不久，就来到了正月十五看花灯的时节了。

我们家里自从父亲维新革命，总之在我们家里，兄弟姊妹，一律相待，有好玩的就一齐玩，有好看的就一齐去看。

伯父带着我们，哥哥、弟弟、姨……共八九个人，在大月亮地里往大街里跑去了。那路之滑，滑得不能站脚，而且高低不平。他们男孩子们跑在前面，而我们因为跑得慢就落了后。

于是那在前边的他们回头来嘲笑我们，说我们是小姐，说我们是娘娘。说我们走不动。

我们和翠姨早就连成一排向前冲去，但是，不是我倒，就是她倒，到后来还是哥哥他们一个一个地来扶着我们。说是扶着，未免的太示弱了，也不过就是和他们连成一排向前进着。

不一会到了市里，满路花灯，人山人海。又加上狮子、旱船、龙灯、秧歌，闹得眼也花起来，一时也数不清多少玩艺，哪里会来得及看，似乎只是在眼前一晃就过去了。而一会别的又来了，又过去了。其实也不见得繁华得多么不得了，不过觉得世界上是不会比这个再繁华的了。

商店的门前，点着那么大的火把，好像热带的大椰子树似的，一个比一个亮。

我们进了一家商店，那是父亲的朋友开的。他们很好的招待我们，茶、点心、桔子、元宵。我们哪里吃得下去，听到门外一打鼓，就心慌了。而外面鼓和喇叭又那么多，一阵来了，一阵还没有去远，一阵又来了。

因为城本来是不大的，有许多熟人也都是来看灯的，都遇到了。其中我们本城里的在哈尔滨念书的几个男学生，他们也来看灯了。哥哥都认识他们。我也认识他们，因为这时候我到哈尔滨念书去了，所以一遇到了我们，他们就和我们在一起。他们出去看灯，看了一会，又回到我们的地方，和伯父谈话，和哥哥谈话。我晓得他们，因为我们家比较有势力，他们是很愿和我们讲话的。

所以回家的一路上，又多了两个男孩子。

不管人讨厌不讨厌，他们穿的衣服总算都市化了。个个都穿着西装，戴着呢帽，外套都是到膝盖的地方，脚下很利落清爽。比起我们城里的那种怪样子的外套，好像大棉袍子似的，好看得多了。而且颈间又都束着一条围巾，那围巾自然也是全丝全棉的花纹，似乎一束起那围巾来人就更显得庄严，漂亮。

翠姨觉得他们个个都很好看。

哥哥也穿的西装，自然哥哥也很好看。因此在路上她直在看哥哥。

翠姨梳头梳得是很慢的，必定梳得一丝不乱，搽粉也要搽了洗掉，洗掉再搽，一直搽到认为满意为止。花灯节的第二天早晨，她就梳得更慢，一边梳头一边在思量。本来按规矩每天吃早饭必得三请两请才能出席，今天必得请到四次，她才来了。

我的伯父当年也是一位英雄，骑马、打枪绝对的好。后来虽然已经五十岁了，但是风采犹存。我们都爱伯父的，伯

父从小也就爱我们。诗、词、文章，都是伯父教我们的。翠姨住在我们家里，伯父也很喜欢翠姨。今天早饭已经开好了。催了翠姨几次，翠姨总是不出来。

伯父说了一句："林黛玉……"

于是我们全家的人都笑了起来。

翠姨出来了，看见我们这样的笑，就问我们笑什么。我们没有人肯告诉她。翠姨知道一定是笑的她，她就说：

"你们赶快的告诉我，若不告诉我，今天我就不吃饭了。你们读书识字，我不懂，你们欺侮我……"

闹嚷了很久，还是我的哥哥讲给她听了。伯父当着自己的儿子面前到底有些难为情，喝了好些酒，总算是躲过去了。

翠姨从此想到了念书的问题，但是她已经二十岁了，哪里去念书？上小学，没有她这样大的学生，上中学，她是一字不识。怎样可以？所以仍旧住在我们家里。

弹琴、吹箫、看纸牌，我们一天到晚地玩着。我们玩的时候全体参加，我的伯父，我的哥哥，我的母亲。

翠姨对我的哥哥没有什么特别的好，我的哥哥对翠姨就像对我们，也是完全的一样。

不过哥哥讲故事的时候，翠姨总比我们留心听些，那是因为她的年龄稍稍比我们大些，当然在理解力上，比我们更接近一些哥哥的了。哥哥对翠姨比对我们稍稍的客气一点。他和翠姨说话的时候，总是"是的""是的"的，而和我们说话则"对啦""对啦"。这显然因为翠姨是客人的关系，而且在名份上比他大。

不过有一天晚饭之后，翠姨和哥哥都没有了。每天饭后大概总要开个音乐会的。这一天，也许因为伯父不在家，没有人领导的缘故，大家吃过也就散了，客厅里一个人也没有。我想找弟弟和我下一盘棋，弟弟也不见了。于是我就一个人在客厅里按起风琴来，玩了一下，也觉得没有趣。客厅是静得很的，在我关上了风琴盖子之后，我就听见了在后屋里，或者在我的房子里是有人的。

我想一定是翠姨在屋里。快去看看她，叫她出来张罗着看纸牌。

我跑进去一看，不单是翠姨，还有哥哥陪着她。

看见了我，翠姨就赶快地站起来说：

"我们去玩吧。"

哥哥也说：

"我们下棋去，下棋去。"

他们出来陪我来玩棋，这次哥哥总是输，从前是他回回赢我。我觉得奇怪，但是心里高兴极了。

不久寒假终了，我就回到哈尔滨的学校念书去了。可是哥哥没有同来，因为他上半年生了点病，曾在医院里休养了一些时候，这次伯父主张他再请两个月的假，留在家里。

以后家里的事情，我就不大知道了。都是由哥哥或母亲讲给我听的。我走了以后，翠姨还住在家里。

后来母亲告诉过，就是在翠姨还没有订婚之前，有过这样一件事情。我的族中有一个小叔叔，和哥哥一般大的年纪，说话口吃，没有风采，也是和哥哥在一个学校里读书。虽然他也到我们家里来过，但怕翠姨没有见过。那时外祖母就主张给翠姨提婚。那族中的祖母一听就拒绝了，说是寡妇的孩

子，命不好，也怕没有家教，何况父亲死了，母亲又出嫁了，好女不嫁二夫郎，这种人家的女儿，祖母不要。但是我母亲说，辈分合，他家还有钱，翠姨过门是一品当朝的日子，不会受气的。

这件事情翠姨是晓得的，而今天又见了我的哥哥，她不能不想哥哥大概是那样看她的。她自觉地觉得自己的命运不会好的。现在翠姨自己已经订了婚，是一个人的未婚妻；二则她是出了嫁的寡妇的女儿，她自己一天把这背了不知有多少遍，她记得清清楚楚。

五

　　翠姨订婚，转眼三年了。正这时，翠姨的婆家，通了消息来，张罗要娶。她的母亲来接她回去整理嫁妆。

　　翠姨一听就得病了。

　　但没有几天，她的母亲就带着她到哈尔滨采办嫁妆去了。

　　偏偏那带着她采办嫁妆的向导，又是哥哥给介绍来的他的同学。他们住在哈尔滨的秦家岗上，风景绝佳，是洋人最多的地方。那男学生们的宿舍里边，有暖气、洋床。翠姨带着哥哥的介绍信，像一个女同学似的被他们招待着。又加上已经学了俄国人的规矩，处处尊重女子，所以翠姨当然受了他们不少的尊敬，请她吃大菜，请她看电影。坐马车的时候，上车让她先上；下车的时候，人家扶她下来。她每一动别人都为她服务，外套一脱，就接过去了；她刚一表示要穿外套，就给她穿上了。

　　不用说，买嫁妆她是不痛快的，但那几天，她总算一生中最开心的时候。

她觉得到底是读大学的人好，不野蛮，不会对女人不客气，绝不能像她的妹夫常常打她的妹妹。

经这到哈尔滨去一买嫁妆，翠姨就更不愿意出嫁了。她一想那个又丑又小的男人，她就恐怖。

她回来的时候，母亲又接她来到我们家来住着，说她的家里又黑又冷，说她太孤单可怜。我们家是一团和气的。

到了后来，她的母亲发现她对于出嫁太不热心，该剪裁的衣裳，她不去剪裁；有一些零碎还要去买的，她也不去买。做母亲的总是常常要加以督促，后来就要接她回去，接到她的身边，好随时提醒她。她的母亲以为年轻的人必定要随时提醒的，不然总是贪玩。而况出嫁的日子又不远了，或者就是二三月。

想不到外祖母来接她的时候，她从心里不肯回去，她竟很勇敢地提出来她要读书的要求。她说她要念书，她想不到出嫁。

开初外祖母不肯，到后来，她说若是不让她读书，她是不出嫁的。外祖母知道她的心情，而且想起了很多可怕的事情……

外祖母没有办法，依了她。给她在家里请了一位老先生，就在自己家院子的空房子里边摆上了书桌，还有几个邻居家的姑娘，一齐念书。

翠姨白天念书，晚上回到外祖母家。

念了书，不多日子，人就开始咳嗽，而且整天的闷闷不乐。她的母亲问她，有什么不如意？陪嫁的东西买得不顺心吗？或者是想到我们家去玩吗？什么事都问到了。

翠姨摇着头不说什么。

过了一些日子，我的母亲去看翠姨，带着我的哥哥。他们一看见她，第一个印象，就觉得她苍白了不少。而且母亲断言地说，她活不久了。

大家都说是念书累的，外祖母也说是念书累的，没有什么要紧的；要出嫁的女儿们，总是先前瘦的，嫁过去就要胖了。

而翠姨自己则点点头，笑笑，不承认，也不加以否认。还是念书，也不到我们家来了，母亲接了几次，也不来，回说没有工夫。

翠姨越来越瘦了，哥哥去到外祖母家看了她两次，也不过是吃饭、喝酒，应酬了一番，而且说是去看外祖母的。在这里，年轻的男子去拜访年轻的女子，是不可以的。哥哥回来也并不带回什么喜欢或是什么新奇的忧郁，还是照样和我们打牌下棋。

翠姨后来支持不了啦，躺下了。她的婆婆听说她病了，就要娶她。因为花了钱，死了不是可惜了吗？这一种消息，翠姨听了病就更加严重。婆家一听她病重，立刻要娶她。因为在迷信中有这样一章，病新娘娶过来一冲，就冲好了。翠姨听了，就只盼望赶快死，拼命地糟蹋自己的身体，想死得越快一点儿越好。

母亲记起了翠姨，叫哥哥去看翠姨。是我的母亲派哥哥去的。母亲拿了一些钱让哥哥给翠姨送去，说是母亲送她在病中随便买点什么吃的。母亲晓得他们年轻人是很拘泥的，或者不好意思去看翠姨，也或者翠姨是很想看他的，他们好

旷野的呼喊·小城三月

久不能看见了。同时翠姨不愿意出嫁，母亲很久的就在心里猜疑着他们了。

男子是不好先去专访一位小姐的，这城里没有这样的风俗。母亲给了哥哥一件礼物，哥哥就可去了。

哥哥去的那天，她家里正没有人，只是她家的堂妹妹迎接着这从未见过的生疏的年轻的客人。

那堂妹妹还没问清客人的来由，就往外跑，说是去找她们的祖父去，请他等一等。大概她想凡是男客就是来会祖父的。

客人只说了自己的名字，那女孩子连听也没有听就跑出去了。

哥哥正想，翠姨在什么地方？或者在里屋吗？翠姨大概听出什么人来了，她就在里边说："请进来。"

哥哥进去了。坐在翠姨的枕边，他要去摸一摸翠姨的前额，是否发热，他说：

"好了点吗？"

他刚一伸出手去，翠姨就突然地拉住他的手，而且大声地哭起来了，好像一颗心也哭出来了似的。哥哥没有准备，就很害怕，不知道说什么，做什么。他不知道现在就该是保护翠姨的地位，还是保护自己的地位。同时听得见外边已经有人来了，就要开门进来了。一定是翠姨的祖父。

翠姨平静地向他笑着，说：

"你来得很好，一定是姐姐，你的姊母（我的母亲）告诉你来的，我心里永远纪念着她。她爱我一场，可惜我不能去看她了……我不能报答她了……不过我总会记起在她家里的日子的……她待我也许没有什么，但是我觉得已经太好了……我永远不会忘记的……我现在也不知道为什么，心里只想死得快一点就好，多活一天也是多余的……人家也许以为我是任性……其实是不对的。不知为什么，那家对我也会是很好的，但是我不愿意。我小时候，就不好，我的脾气总是不从心的事，我不愿意……这个脾气把我折磨到今天了……可是我怎能从心呢……真是笑话……谢谢姐姐她还惦着我……请你告诉她，我并不像她想的那么苦，我也很快乐……"翠姨苦笑了一笑，"我的心里安静，而且我求的我都得到了……"

哥哥茫然得不知道说什么。这时，祖父进来了。看了翠姨的热度，又感谢了我的母亲，对我哥哥的降临，感到荣幸。他说请我母亲放心吧，翠姨的病马上就会好的，好了就嫁过去。

哥哥看了看翠姨就退出去了，从此再没有看见她。

哥哥后来提起翠姨常常落泪，他不知翠姨为什么死，大家也都心中纳闷。

尾声

等我到春假回来，母亲还当我说：

"要是翠姨一定不愿意出嫁，那也是可以的，假如他们当我说。"

……

翠姨坟头的草籽已经发芽了，一掀一掀地和土粘成了一片，坟头显出淡淡的青色，常常会有白色的山羊跑过。

这时城里的街巷，又装满了春天。暖和的太阳，又转回来了。

街上有提着筐子卖蒲公英的了，也有卖小根蒜的了。更有些孩子们，他们按着时节去折了那刚发芽的柳条，正好可以拧成哨子，就含在嘴里满街地吹。声音有高有低，因为哨子有粗有细。

大街小巷到处是呜呜呜，呜呜呜。好像春天是从他们的手里招呼回来了似的。

但是这为期甚短。一转眼，吹哨子的不见了。

接着杨花飞起来了，榆钱飘满了一地。

在我的家乡那里，春天是快的。五天不出屋，树发芽了，再过五天不看树，树长叶了，再过五天，这树就像绿得使人不认识它了。使人想，这棵树，就是前天的那棵树吗？自己回答自己，当然是的。春天就像跑得那么快。好像人能够看见似的，春天从老远的地方跑来了，跑到这个地方，只向人的耳朵吹一句小小的声音："我来了呵。"而后很快地就跑过去了。

春，好像它不知道多么忙迫，好像无论什么地方都在招呼它。假若它晚到一刻，阳光会变色的，大地会干成石头，尤其是树木，那真是好像再多一刻工夫也不能忍耐。假若春天稍稍在什么地方流连了一下，就会误了不少的生命。

春天为什么它不早一点来，来到我们这城里多住一些日子。而后再慢慢地到另外的一个城里去，在另外一个城里也多住一些日子。

但那是不能的了，春天的命运就是这么短。

年青的姑娘们，她们三两成双，坐着马车，去选择衣料去了，因为就要换春装了。她们热心地弄着剪刀，打着衣样，想装成自己心中想得出的那么好。她们白天黑夜地忙着，不久春装换起来了，只是不见载着翠姨的马车来。

一九四一，七

旷野的呼喊·小城三月

161